La petite boutique japonaise

ISABELLE ARTUS

La petite boutique japonaise

———
ROMAN

© FLAMMARION, 2016.

Le Code de la propriété intellectuelle interdit les copies ou reproductions destinées à une utilisation collective. Toute représentation ou reproduction intégrale ou partielle faite par quelque procédé que ce soit, sans le consentement de l'auteur ou de ses ayants droit ou ayants cause, est illicite et constitue une contrefaçon sanctionnée par les articles L335-2 et suivants du Code de la propriété intellectuelle.

À Dom, Verlaine, Annabelle et Zoé

Première partie

Pam

— Dites-moi, je vous prie, de quel côté faut-il me diriger ?
— Cela dépend beaucoup de l'endroit où vous voulez aller, dit le Chat.
— Cela m'est assez indifférent, dit Alice.
— Alors peu importe de quel côté vous irez, dit le Chat.
— Pourvu que j'arrive *quelque part*, ajouta Alice en explication.
— Cela ne peut manquer, pourvu que vous marchiez assez longtemps.

Lewis CARROLL,
Alice au pays des merveilles.

Chapitre Premier

*De l'influence de Matthieu Ricard
sur la croissance des bonsaïs*

Thad s'était levé de fort méchante humeur et avait mis le cap vers l'est, laissant Pamela dans un immense désarroi. Pour mesurer l'étendue de son humiliation, mais en était-ce seulement une ? Pamela entreprit une croisière sur les bateaux-mouches. Ne dit-on pas que les voyages forment la jeunesse ?

Pam vieillit beaucoup ce jour-là.

Ce lundi matin, Pamela remontait les quais à l'envers en signe de protestation. La mise en danger était imperceptible mais bien réelle : elle longeait la Seine à petits pas, sur la rive droite contrairement à son habitude. En levant le rideau de fer de la toute Petite Boutique du quai Malaquais, elle trouva que les bonsaïs tiraient une drôle de tête, elle aurait juré qu'ils se foutaient ouvertement d'elle du haut de leurs 22 cm de zen millénaire. En particulier le vénérable Gaozong Tang que Mme Pichon, la gardienne du 26 quai Voltaire, lui avait confié pendant ses vacances. Qu'il était vilain, lors de cette première rencontre, tout fripé derrière ses feuilles minuscules, tordu dans une posture grotesque de mendiant suppliant qu'on l'achève. Patiemment, Pamela lui avait redonné le goût de vivre.

Elle lui avait lu de longs passages du *Plaidoyer pour le bonheur* de Matthieu Ricard pour lui redonner l'espoir. La compassion bouddhiste, elle en était sûre, toucherait le cœur de ce déraciné chinois. Elle avait eu raison d'y croire car Gaozong s'était peu à peu redéployé, retrouvant sa prestance d'empereur de la XIIIe dynastie Tang, qui n'est pas la dernière pour ce qui est du niveau du rayonnement culturel de l'empire du Milieu. Le résultat était tellement spectaculaire que Mme Pichon, ravie, prit l'habitude de confier son bonsaï aux bons soins de Pamela.

En réalité, Gaozong déprimait sec dans les courants d'air de la loge du quai Voltaire, en équilibre sur le radiateur, coincé par la cage des perruches qui lui faisaient la tête au carré. Alors, il se recroquevillait, perdait quelques feuilles, juste assez pour inquiéter sa propriétaire, qui le rapportait illico dans la toute Petite Boutique du quai Malaquais.

Pam n'était pas dupe et avait rapidement percé à jour la combine du Vénérable. Elle s'était tue, et cette discrétion avait scellé une sorte de pacte entre eux. Elle prit ainsi l'habitude de confier ses sentiments à Gaozong. Après tout, le prince Charles parlait bien à ses roses.

Les autres bonsaïs étaient sagement rangés sur les étagères. À gauche, les pensionnaires, à droite bien exposés dans la vitrine, ceux destinés à la vente. Au moins une fois par jour, une dame très chic, un vieux monsieur ou un touriste poussait la porte de la minuscule boutique pour demander combien coûtait ce joli bonsaï qu'on apercevait tout en haut sur l'étagère de gauche. Invariablement, Pamela répondait qu'il n'était pas à vendre, qu'il était de passage et qu'il fallait choisir parmi ceux de la vitrine, de l'autre côté. Alors le client dévisageait tous les arbres minuscules, les uns après les autres, pinçait les lèvres, terriblement déçu, et repartait les mains vides. Elle avait bien essayé de modifier le cours des choses en changeant les arbres de place, les pensionnaires en vitrine et les autres au fond. Mais cela n'avait fait qu'aggraver la situation. Les clients n'étaient plus seulement déçus, ils étaient furieux et repartaient en pestant, les mains toujours aussi vides.

« La réussite est une question de talent et d'aptitudes plus que de profits pécuniaires », lui répétait le propriétaire de la toute Petite Boutique. Voilà un précepte qui tombait plutôt bien, car en dépit de son adresse à s'occuper des bonsaïs, respectant à la lettre le principe premier de l'art de la taille : « ne jamais diminuer la superficie des feuilles », Pamela se révélait une piètre vendeuse. Ses pensionnaires âgés de plusieurs siècles ne trouvaient pas preneur et semblaient condamnés à rester là pour l'éternité.

Aujourd'hui était différent, on aurait dit que les arbres savaient quelque chose. Ils la regardaient avec leurs milliers de petits yeux verts, comme autant de minuscules reproches démultipliés et Pamela ne put soutenir cette assourdissante désapprobation végétale.

Les commandes d'Ikebana attendraient encore un moment ; elle se dirigea à pas menus vers l'arrière-boutique et mit de l'eau à chauffer. Elle avait besoin d'une tasse de thé pour réfléchir convenablement à son grand malheur.

*
* *

La préparation du thé est un fort joli rituel qui demande ordonnance et précision. Verser une cuillère à soupe de Sakura, faire chauffer l'eau à 70 °C, pas un degré de plus, laisser infuser 45 secondes – pas une de plus – filtrer et boire bien chaud.

Pam se brûlait à chaque fois. Mais c'était, sans aucun doute, le prix à payer pour vivre comme une geisha. Or Pam voulait être geisha depuis qu'elle était en âge de vouloir devenir quelqu'un.

Pour l'instant, elle se concentrait sur les sons de la bouilloire guettant la stridence précédant l'ébullition qu'il ne faut jamais atteindre car le délicat Sakura n'y résisterait pas. Il aurait comme un goût d'avalé de travers. Exactement la sensation qu'elle éprouvait depuis le matin.

Assise bien droite sur l'extrême bord de la chaise, sanglée dans son kimono bleu marine,

Pam sentait venir les pluies noires de son Hiroshima personnel. Elle buvait son thé à petites gorgées silencieuses – sa délicatesse naturelle ne s'étant jamais accommodée de la bruyante déglutition des Japonais.

Le Sakura devait être éventé. À la place de la douce amertume habituelle, il laissait dans sa gorge un goût de cendre et de brûlé. Le départ de Thad, inattendu, brutal, avait produit l'effet d'un tsunami. Le chagrin confortablement lové dans sa gorge fut refoulé vers sa poitrine à coups de petites gorgées brûlantes. Pendant quelques instants, Pam crut qu'elle pourrait noyer sous des litres de Sakura les sanglots qu'elle sentait se former tout autour de son cœur. Mais la douleur prit un autre chemin et se fraya un passage vers la sortie. Deux larmes, exquises perles de rosée, que la frange délicate de ses cils ne pouvait contenir plus longtemps, roulèrent le long de ses joues, traçant deux impeccables sillons sur son visage fardé de poudre claire. Elles finirent par se rejoindre au niveau du menton que Pam avait joliment pointu. En un clin d'œil, son visage fut noyé par deux rizières en cru qui réduisirent son maquillage de courtisane en une infâme bouillie visqueuse tombant en grosses gouttes sur sa veste de kimono. Son image de geisha, patiemment élaborée pendant des années, cédait brutalement, emportée par le flux de ce torrent lacrymal.

Son attirance pour le Japon remontait à loin. À peine sortie de l'enfance, elle s'était prise de passion pour Yoko Tsuno, l'exquise mécanicienne de l'espace, ceinture noire d'aïkido, de judo, de kendo dont les aventures publiées dans *Spirou* la ravissaient. Chaque semaine, Pamela attendait avec impatience le retour de son père pour s'emparer du précieux magazine plié en deux dans son attaché-case. Mine de rien, l'air de tout, l'intrépide Japonaise coiffée comme Mireille Mathieu (numéro un au Japon) avait commencé à déteindre sur elle. De guerre lasse, sa mère l'avait inscrite à la MJC de Melun qui proposait des cours de ju-jitsu. Pamela se sentait dans son élément chaque fois qu'elle revêtait son kimono blanc. Blanche également la ceinture, car en dépit de son application Pam ne faisait aucun progrès. Elle finit par obtenir sa ceinture jaune à l'usure, après cinq années qui plongèrent son professeur dans une dépression profonde. Son diplôme de la fédération ne l'avait pas préparé à affronter une telle constance dans l'absence de progrès d'un élève.

Plus tard, en lisant la quatrième de couverture du *Deuxième Sexe*, Pam apprit qu'« on ne naît pas femme, on le devient ». Cela devait marcher aussi pour les geishas. Étant originaire de Melun-Sénart, il était entendu que la chose n'était pas gagnée d'avance. Et pourtant, année après année, Pam s'était bricolé son identité de geisha. Un choix audacieux, à contre-courant de tout ce qui existait autour d'elle. Avec patience, elle avait enduré le mépris des gars et des filles du lycée technique, l'indifférence blasée des profs. Elle s'était heurtée à l'incompréhension de sa mère, à la curiosité bienveillante de son père jusqu'à ce qu'il regarde d'un peu trop près sous son kimono.

Et même si Yoko Tsuno tenait plus de la poupée manga *made in Belgium* que de la courtisane traditionnelle, et même si sa geisha intérieure était instable, construite de bric et de broc et qu'elle lui avait coûté sa relation avec Yvon, son fiancé, Pam avait tenu bon. On ne naît pas geisha, on le devient. Personne n'avait précisé en combien de temps.

En attendant, ce lundi, en cet instant précis, son cerveau explosait sous la douleur. Ses pensées s'étaient fracassées contre l'évidence de l'absence et il fallait ramasser tous les morceaux du sens éparpillés. Les recoller ensemble. Elle regarda avec attention tous les éléments du décor qui l'entourait, si parfaitement cohérents avec son monde idéal : les bonsaïs centenaires, les corbeilles d'Ikebana, les paysages d'Hokusaï accrochés au mur, l'intemporalité si rassurante de la Petite Boutique japonaise.

Que restait-il de cet univers familier qui lui semblait désormais sans prises et dans lequel elle ne parvenait plus à s'inscrire ? Qu'est-ce qui avait encore un lien avec la journée de la veille quand tout était simple. Qu'allait devenir sa vie ?

Son système de valeurs, celui-là même qui fondait l'équilibre modeste de sa personnalité de geisha de la rive gauche, était méchamment bousculé par le départ de Thad. C'est dire à quel point sa construction intérieure se révélait approximative et fragile. Malgré les larmes qui brouillaient sa vue, elle relisait inlassablement les trois mots qu'il avait laissés à son intention.

Je pars, pardon

Assise bien droite au bord de sa chaise, dissimulée dans l'arrière-boutique, Pam semblait frappée de stupeur.

À quoi bon être une geisha quand son samouraï se fait la malle ?

Chapitre II

*L'improbable rencontre de la geisha
Rive gauche et de son samouraï breton*

Thad faisait pourtant un samouraï parfait. Ses cheveux rares et longs étaient tantôt relevés en un maigre chignon traversé d'une longue baguette de nacre, tantôt coiffés en fine natte qui tendait vers les reins sans aucune chance de succès. De taille moyenne, les épaules étroites, la taille fine, on devinait facilement le dessin de ses muscles nerveux sous le fin tissu de ses chemises noires qu'il portait près du corps.

À la naissance de ses poignets, un œil exercé pouvait deviner les arabesques d'un inquiétant tatouage. Son visage impavide aux pommettes hautes et saillantes, caractéristiques des Bretons natifs des Côtes-d'Armor, dégageait une sereine cruauté. Impression renforcée par des yeux noirs étincelants qui allumaient son regard d'une lueur fatale. Une fine cicatrice prenait appui sur sa tempe droite, passait au ras de l'oreille, suivait la cassure de la mâchoire, disparaissait sous le menton et réapparaissait le long de son cou jusqu'à la clavicule pour finir on ne sait où. Une cicatrice étrange, signature d'un improbable accident ou d'une blessure ancienne. Au bas de son dos, juste à la naissance de l'arrondi de la fesse, une tache bleu-gris de la forme d'une fève – la marque des descendants d'Attila – se détachait sur sa peau pâle. Thad était la preuve vivante que quelques guerriers Huns, après le carnage des champs Catalauniques, tentèrent leur chance en Bretagne et qu'ils y violèrent un max de Bécassine. Il ressemblait exactement à un seigneur de guerre mongole.

Deux ans auparavant, quand le carillon de la toute Petite Boutique du quai Malaquais avait retenti, l'obligeant à interrompre la très minutieuse et complexe composition d'Ikebana sur laquelle elle travaillait, pour accueillir le visiteur, Pam avait su que quelque chose d'irrémédiable venait d'arriver.

Bien qu'il se tînt immobile sur le seuil, l'homme emplissait de sa présence la toute Petite Boutique. Une présence qui faisait l'effet d'une anomalie.

— Bonjour monsieur, en quoi puis-je vous aider ? demanda Pam, polie.

— J'en sais rien, répondit l'homme, visiblement surpris par l'apparition de cette drôle de poupée nippone qui se tenait bien droite devant lui. Il nota l'inflexion de la voix, le ton et la manière dont elle l'avait salué. C'était un bonjour subtil et juste, un bonjour parfaitement adapté aux circonstances. Il fallait sacrément maîtriser l'art du salut pour être capable d'offrir un tel bonjour. Il enregistra machinalement le kimono ancien, la ceinture traditionnelle japonaise – un obi véritable – savamment noué autour de la taille, remarqua le visage enfantin en dépit du maquillage insensé, surtout à une heure pareille. « Difficile à porter et à assumer », se dit-il. La femme qui se maquille ainsi signifie qu'elle a des intentions, qu'elle est affirmée, puissante, capable de monter au combat. L'allure avait beau être incongrue, elle s'accordait parfaitement avec l'esprit des lieux.

— Vous avez une envie particulière ? Vous cherchez quelque chose pour vous ? Peut-être pour offrir…, s'enquit Pamela d'une voix douce.

— C'est pour offrir, dit-il en s'enfonçant dans la boutique, l'obligeant ainsi à reculer d'un pas. Vous avez de très jolis bonsaïs, poursuivit-il en s'approchant lentement de chacun des petits arbres.

Arrivé à la hauteur de Gaozong, il s'arrêta net. Pam se préparait intérieurement à entendre la classique demande concernant le Vénérable, anticipant déjà la réaction quand elle expliquerait qu'il n'était pas à vendre.

— Voilà un arbre exceptionnel, dit-il, un arbre qui en a vu. Vous permettez que je l'observe un moment ?

— Je vous en prie, répondit Pam, un peu surprise par cette demande pour le moins inhabituelle.

— Je ne vous dérangerai pas.

— Prenez le temps dont vous avez besoin, je vais retourner travailler dans l'arrière-boutique, juste là, indiqua-t-elle d'un très léger mouvement du menton avant de faire pivoter son buste et de disparaître. Thad se dit qu'il n'avait jamais rien vu de plus gracieux que ce geste à peine esquissé, mais qui traduisait un sens de l'hospitalité plutôt rare sur la rive gauche. La voix de Pam lui parvint comme étouffée depuis l'arrière-boutique où elle avait disparu. « Faites-moi savoir quand vous serez prêt. »

*
* *

Resté seul dans la boutique, l'homme en noir sentit le trouble monter et s'installer. Cette fille lui faisait de l'effet. Beaucoup trop d'effet pour une fille. Quelque chose chez elle le rendait nerveux. « Je suis un guerrier solitaire », murmura-t-il à l'adresse du bonsaï. Je n'ai pas de temps à perdre pour une femme, je dois mener mon combat, sans me laisser distraire.

« De quel combat parles-tu, qui sont tes adversaires, Petit Scarabée ? » bruissa le bonsaï. Thad eut un léger mouvement de recul. Se pouvait-il que l'arbre entende ses pensées ? Et qu'il lui réponde sur le ton de Maître Po s'adressant à Kwai Chang Caine, le héros de la série *Kung Fu* ? Il devait certainement manquer de sommeil et sans doute de conversation. Depuis quand n'avait-il pas discuté avec quelqu'un ? La solitude accumulée pendant toutes ces années avait-elle fait de lui un doux dingue qui parlait aux arbres ?

Il était entré là par hasard, il n'aimait pas particulièrement Paris, encore moins la rive gauche. Une fois de plus, il était seulement de passage. Avant de reprendre la route de Saint-Brieuc, il avait pensé faire un cadeau à sa mère – une Bretonne sévère et méritante – raison pour laquelle il avait poussé la porte de cette toute petite boutique. Comment aurait-il pu imaginer qu'une jeune fille au doux visage pâle et aux grands yeux sombres exagérément soulignés par deux traits de khôl noir – une intraitable beauté – allait le clouer sur place. Lui l'homme pressé, le guerrier sans maître[1], le Ronin.

Pamela se concentrait de son mieux sur la composition d'Ikebana destinée à l'épouse du Docteur Atsura, son *dana*, le propriétaire de la toute Petite Boutique, l'homme qui lui avait tant parlé du Japon, ce pays extraordinaire qu'elle aimait de toute son âme sans jamais y avoir mis les pieds.

« C'est tout à fait inutile, lui avait assuré le Dr Atsura. La plupart des gens qui visitent mon pays ne le comprennent pas. Tout simplement parce qu'ils ne le peuvent pas. Ils retiennent deux ou trois clichés comme les cerisiers en fleur, le mont Fuji, et les geishas, qu'ils imaginent être les prostituées locales habillées à l'ancienne, mais ils passent à côté de l'essentiel. »

Pam s'était alors bien gardée de lui dire que son Japon à elle, en tout cas l'idée qu'elle s'en faisait, ressemblait précisément à cette description pour touristes. Exception faite des

---

[1]. Dans l'épisode 2 de la saison 1 de *Kung Fu*, *La Loi de la montagne*, Caine trouve du travail dans le ranch d'une jeune et belle veuve pour qui il éprouve une mystérieuse attraction.

geishas qu'elle admirait depuis longtemps et dont elle connaissait si bien la vie grâce au livre d'Arthur Golden.

Le Dr Atsura avait souri avec indulgence et l'avait engagée comme responsable de la petite boutique de bonsaïs située au rez-de-chaussée de l'immeuble qu'il occupait depuis trente ans avec son épouse, une femme admirable d'une cinquantaine d'années dont les cheveux gris formaient sur la tête comme une coque argentée. Elle avait accueilli Pamela avec tendresse et bienveillance et l'avait initiée à l'art délicat de l'Ikebana et aux subtilités de la calligraphie japonaise. La femme du Dr Atsura s'appelait Masako comme la mère de Yoko Tsuno. Pam y avait vu un signe. Un très bon signe.

La composition à laquelle elle travaillait était compliquée. Pamela la voulait exceptionnelle, unique, riche d'intention. Tout l'art de l'Ikebana consiste à donner l'impression qu'une fleur coupée est vivante, ce qui est extrêmement difficile à réaliser et à comprendre. Au départ, il faut tricher, s'aider en utilisant de la mousse, des accessoires, des fleurs de nature différente afin de donner à la composition un aspect à la fois sophistiqué, mystérieux et abouti. Pour le plus grand plaisir des clients parisiens qui rapportent ainsi chez eux un peu d'inspiration shinto puisque la disposition des fleurs représente les trois plans du ciel, de l'homme et de la terre. Dans l'absolu, celui qui maîtrise cet art est capable de faire naître une émotion esthétique en n'utilisant qu'une seule fleur coupée dans un vase. « Quand la simplicité est le fruit d'une somme d'efforts considérables, on atteint l'art véritable. Mais parfois, une vie entière n'y suffit pas », avait coutume de dire Masako. Pamela était loin du compte, mais comme à son habitude, elle faisait de son mieux et elle s'appliquait avec calme et concentration. Sauf en ce moment. En utilisant son minuscule sécateur, dont les petites lames coupaient net et sans effort les tiges les plus résistantes, elle avait réussi à s'entailler deux fois les doigts depuis qu'elle avait regagné l'arrière-boutique. Les blessures étaient superficielles contrairement au trouble qui s'emparait d'elle. Que faisait le visiteur ? Était-il encore là ?

Sans doute, puisque le carillon de la porte d'entrée n'avait pas retenti. Combien de temps s'était écoulé depuis son arrivée ? Impossible à dire !

Pam ne portait plus de montre depuis longtemps, elle se fiait à la lumière du jour ainsi qu'à l'intensité du flux des voitures sur les quais. D'une manière assez remarquable, son horloge intérieure ne se trompait presque jamais. À peine quelques minutes de plus ou de moins de l'heure exacte. C'était un don, du moins un talent qui lui avait valu une petite popularité à Melun-Sénart.

— Allez Pam, dis-nous l'heure.
— Il est huit heures, répondait-elle. Et c'était vrai.
— Mais comment fait-elle ? ! s'extasiaient les voisins. Sol et Mich, ses parents, étaient

drôlement fiers du succès de leur petite horloge parlante.

— Et maintenant ?

— Il est huit heures vingt..., vingt-deux, répondait Pam de sa douce voix, toujours un peu gênée de susciter de l'admiration pour quelque chose qui ne s'expliquait pas. Certaines personnes ont des articulations capables de prévoir la pluie, elle savait l'heure. C'était tout, c'était rien.

Mais à cet instant précis, son horloge interne semblait s'être détraquée. Elle ne disposait d'aucun indice et le plan de travail de l'arrière-boutique se révélait être un formidable poste de non-observation. Elle s'efforçait de respirer le plus doucement possible, écarquillant les oreilles, à l'affût du plus petit bruit en provenance de la boutique. Le silence était tel que le visiteur s'était soit volatilisé, soit figé sur place, amarré dans le sol. Impossible, dans ces conditions, de créer une harmonie convenable entre les pivoines rose pâle presque blanches et le vert tendre des bambous nains. Le sang qui perlait par les minuscules entailles laissées par le sécateur compliquait davantage sa tâche.

Pam posa avec délicatesse les fleurs dans la corbeille, les recouvrit de papier de soie pour éviter qu'elles ne s'abîment et réapparut dans la boutique.

L'homme n'avait pas bougé. Il se tenait immobile devant l'impérial Gaozong. Pam sut immédiatement qu'il était en conversation avec le bonsaï. L'arbre lui répondait et une complicité était en train de naître entre ces deux-là.

Elle ressentait l'imperceptible frissonnement qui courait le long des minuscules feuilles, signe irréfutable que Gaozong était attentif au discours silencieux du visiteur. Elle se tenait là, immobile, quand l'homme se tourna vers elle très lentement.

— Cet arbre est impressionnant, dit-il. C'est bien normal qu'il ne soit pas à vendre, il ne saurait l'être. Il est là pour veiller sur vous, ajouta-t-il d'une voix grave.

Pam n'eut ni le temps, ni l'idée de réagir avant qu'il n'enchaîne avec la même gravité solennelle : « c'est pour offrir ».

— Je vous demande pardon ?

— Ce que je cherche. J'ignore ce que c'est, mais c'est pour offrir. Avant d'ajouter : à une femme.

— Oh... murmura Pamela à regret, déjà un peu triste. Une femme.

Longtemps après le départ du visiteur, elle se surprit à fixer la porte derrière laquelle il avait disparu.

Chapitre III

*Où l'on découvre les effets
des voyages en train sur l'érotisme*

Dans le train qui le conduisait à Saint-Brieuc, Thad ne pouvait s'empêcher de penser à la drôle de geisha de la rive gauche. Car c'était sans aucun doute une geisha que cette fille-là. Il y a des signes qui ne trompent pas. La délicatesse des broderies de son vêtement – une très belle pièce – indiquait un authentique kimono japonais. Il devait valoir une vraie fortune. Comment une petite marchande de bonsaïs pouvait-elle porter et même posséder un tel vêtement ? Mystère...

Même son obi de soie bronze et orange était noué de façon particulière, à la mode des apprenties geishas de Kyoto. Ce genre de nœud était impossible à défaire. Il était bien placé pour le savoir. Il se rappelait ses doigts impatients, malhabiles, essayant de déshabiller cette fille... Comment s'appelait-elle déjà ? Son ami Nobu la lui avait présentée, il y a des années quand ils travaillaient pour l'ex-général Juntaro dans la banlieue d'Osaka. Elle portait un nom de parfum...

Thad gardait un très bon souvenir de sa mission au Japon. Certainement la meilleure expérience de toute sa jeune carrière. Pas tant le contenu du travail en lui-même – surveiller l'implantation et le développement d'une société sud-coréenne concurrente de celle du général – mais la découverte de ce pays étrange et fascinant...

Les villes grouillantes, gigantesques, avec leurs foules immenses et disciplinées avançant sur les trottoirs telle une marée sans aucun espoir de reflux, avaient déclenché en lui des angoisses pas possibles. Heureusement, restait la campagne, d'une beauté à vous couper le souffle. Les montagnes semblaient dessinées pour éblouir les yeux qui se posaient sur elles et les rivières transparentes, les pruniers, les cerisiers, les érables... Pendant les dix mois qu'avait duré son travail, il avait pris l'habitude de marcher le plus souvent possible dans la campagne et de dormir dans les auberges dont certaines sont d'une austérité spectaculaire au regard des tarifs prohibitifs. Il lui avait fallu du temps pour comprendre que le dépouillement constituait le luxe suprême. Au Japon, comme ailleurs, le luxe se paye cher.

À cette époque, il s'était lié d'amitié avec Nobu, un immense garçon originaire de l'île d'Hokkaïdo dont les manières brusques, plus encore que la taille, détonnaient avec le reste de leur équipe, avec le reste des hommes japonais d'ailleurs.

Son frère d'armes lui avait offert le livre qui allait changer sa vie et bouleverser sa vision de lui-même. *La Pierre et le Sabre*[1] contait l'histoire de Miyamoto Musashi, le plus grand samouraï de tous les temps (d'après Nobu). Ce gars-là avait pris la peine de codifier la *Voie du sabre*, sorte de guide de vie, à la fois spirituel et guerrier, afin d'éclairer, ou plutôt de compliquer, le chemin que doit suivre le samouraï. Et même si les subtilités lui échappaient, il avait eu le sentiment de tenir enfin entre ses mains le mode d'emploi de l'existence, celui qui lui avait toujours manqué et qu'il cherchait depuis des années.

Jusque-là, il faisait ce pourquoi on l'engageait sans chercher à savoir si c'était bien ou mal. La morale était une notion encombrante qui empêchait de faire correctement son travail. Il l'avait donc vite évacuée. Il se voyait comme un mercenaire, à l'image de Steve McQueen, son préféré des sept. Mais les mercenaires aussi ont besoin de trouver un sens à ce qu'ils font, d'avoir un code d'honneur auquel se référer. C'est pourquoi ils cherchent leurs propres tables de la loi, car l'expérience prouve que vivre sans foi ni loi ne dure qu'un temps. Et dans ce domaine, Thad était très expérimenté.

Il avait manqué plusieurs fois de se faire tuer. La mort s'approchait tout près, le narguait puis finalement s'en prenait à quelqu'un d'autre. À force, il en était arrivé à la conclusion que rien ne pouvait lui arriver et se comportait comme

---

[1]. *La Pierre et le Sabre* de Eiji Yoshikawa, aux Éditions J'ai lu.

un Highlander breton, éprouvant son immortalité lors de missions certes pourries mais qui lui offraient la possibilité de voyager. Un soir, Nobu lui apprit que les sept mercenaires étaient en réalité sept samouraïs ; sur le moment, ça lui fit tout drôle. Yul Brynner, passe encore, mais pas Steve McQueen ! C'était tout simplement impossible. Mais une fois rendu à l'évidence, par l'entremise du vidéoclub installé en bas de l'appartement où ils exerçaient leur contrôle de surveillance, tout s'éclaircit dans son esprit : cow-boy et samouraï ne faisaient qu'un, comme Caine et Petit Scarabée. Un seul et même personnage guidé par le sens du devoir et de l'honneur. Cette prise de conscience se révéla très utile pour assumer son activité professionnelle sans états d'âme, quand la demande de leur « employeur » se radicalisa.

La surveillance à distance de la concurrence se transforma en intimidation de ces « chiens maudits de Coréens ». Il ne s'agissait plus de concurrence mais d'offense, plus de part de marché perdu, mais d'honneur qu'il fallait retrouver. L'ex-général de l'armée japonaise reconverti dans les affaires avait perdu la face à cause de ces *gaijins*, comme on nomme les étrangers, venus de Corée, dans des conditions mystérieuses. Autant dire que c'est l'honneur du Japon qui était bafoué à travers la honte subie ! Mourir plutôt que démissionner... Mais dans la mesure du possible, mieux valait encore faire périr l'ennemi que mourir soi-même.

Porté par l'exemple de Musashi et soumis au bourrage de crâne de Nobu, Thad se laissa convaincre qu'il y avait quelque chose de noble à accomplir ces basses besognes. Il n'était pas un *gaijin* complice d'un yakuza à la solde d'un ex-général tortionnaire, employé par une respectable entreprise cotée à l'indice Nikkei. Non, il était un guerrier de Brocéliande, un fils d'Attila, un samouraï courageux et loyal.

Un soir qu'ils avaient travaillé très tard à cuisiner le Coréen d'une manière plutôt assaisonnée, Nobu voulut le remercier de la part du général. Un remerciement spécial, de première catégorie.

— Nous quitterons Osaka demain, le temps de nous faire oublier. Je t'emmène à Kyoto où habite ma mère. Désormais, tu es digne de faire connaissance avec les fleurs du Japon.

Il l'avait donc entraîné à Miyagawa-cho, le district des geishas de l'ancienne Edo. Thad avait cru d'abord qu'il s'agissait d'une attraction pour touristes. Un genre de quartier des putes comme à Amsterdam ou à Moscou. Sauf qu'au Japon, elles étaient habillées à l'ancienne avec beaucoup d'épaisseurs de vêtements. Ce qui était, il en convenait, une façon bien plus originale d'attirer le client qu'en étalant une nudité pas toujours désirable.

Mais Nobu l'avait affranchi et lui avait longuement expliqué la chose. Les geishas n'avaient rien à voir avec des prostituées, c'étaient des femmes exceptionnelles, douées pour le chant, la danse, la musique et la conversation. Sur le moment, Thad s'était montré dubitatif. Des apprenties chanteuses, danseuses ou comédiennes, de Saint-Brieuc à Singapour, il n'avait croisé que ça. Des ambitions minuscules jamais réalisées, des rêves de gloire fracassés. Partout dans le monde, les désillusions affichaient les mêmes tarifs.

Cependant, les geishas – Nobu s'était montré absolument catégorique – étaient différentes. Chacun de leurs actes, du mouvement le plus insignifiant à l'attitude la plus provocante, était délibérément tourné vers les hommes, le but de leur existence étant de soulager leurs cœurs affligés. Le soin qu'elles apportaient à leur maquillage, le choix de leur tenue, l'élégance de leurs gestes lorsqu'elles préparaient le thé ou versaient le saké, chacune de leurs poses parfaitement étudiées... absolument tout était fait pour charmer et conforter l'homme dans son statut d'espèce supérieure et bien entendu dominante. Et quelles souffrances pour y parvenir... Nobu lui avait expliqué en détail les heures passées à se préparer, les couches successives de maquillage, le rituel des couleurs, la complexité des différentes épaisseurs de tissus superposées, le poids insensé du kimono d'apparat : jusqu'à sept mètres de long et plus de dix kilos.

— Tu te rends compte qu'il leur arrive de les porter pendant plus de dix heures d'affilée, sans jamais se plaindre, sans jamais paraître fatiguées. Évidemment, il faut s'y connaître un peu pour apprécier la singularité des geishas, avait conclu Nobu.

— Et toi mon ami, tu t'y connais très bien ! s'était alors moqué Thad.

— Moi c'est différent, ma mère est une geisha. Une geisha célèbre et respectée.

Nobu lui raconta sans se faire prier comment sa mère avait grandi et servi dans la célèbre okiya Oren, dans le quartier de Miyagawa-cho. Elle et son amie Kuniko avaient suivi ensemble leur difficile apprentissage puis avaient reçu en même temps leur col blanc de geishas. Elles étaient inséparables et s'aimaient comme deux sœurs. La chance avait joué en faveur de Kuniko. Plus jolie, plus gracieuse et sans doute bien plus maligne que la mère de Nobu, elle avait été adoptée par l'*Okaasan*, la propriétaire de son okiya, devenant ainsi l'*atotori*, l'héritière et la « grande sœur » de toutes les autres filles. Sa mère s'était donc retrouvée dans la délicate position de devoir servir celle qui, jusqu'alors, avait été sa compagne, son égale. Mais son caractère doux et aimant – c'est ainsi que tout le monde la décrivait et Nobu s'était vu contraint de croire ces témoignages sur parole – s'était fort bien accommodé de cette nouvelle situation. Elle conserva une affection dénuée de la moindre jalousie à sa nouvelle grande sœur. Mme Kuniko lui fut reconnaissante de sa fidélité, aussi ne la chassa-t-elle pas quand celle-ci se retrouva enceinte après quelques semaines d'amours clandestines avec un gigantesque pêcheur originaire de l'Hokkaïdo venu à Kyoto pour affaires. Quelques années plus tard, quand Kuniko devint définitivement propriétaire de l'okiya, Nobu et sa mère furent autorisés à y rester, en dépit des règles strictes – pas d'hommes, pas d'enfants –

qui encadrent depuis des siècles la vie de ce type d'établissement.

Le garçon grandit parmi une armée de filles de tous âges et s'en trouva fort bien. C'est vers sa quinzième année que les choses se gâtèrent sérieusement. La nature avait été généreuse avec lui. Il tenait de son père sa taille immense, ses cheveux hirsutes et une barbe étonnamment fournie qui le vieillissait. Le fait est qu'il ne faisait pas du tout son âge. Mais alors pas du tout. À quinze ans, Nobu vivait en état d'érection permanente. Une situation aussi perturbante que douloureuse. Naturellement, les filles de la maison s'étaient passé le mot, et la nuit, plus d'une se glissait sur son futon pour profiter de son engin extraordinaire. Mais plus Nobu consommait, et Dieu sait qu'il s'y employait plusieurs fois par jour, plus il en avait envie.

Au lieu d'apaiser ses tensions, la disponibilité des filles ne faisait qu'augmenter le désir qu'il avait d'elles. La chose finit par se savoir dans le quartier, mettant en péril la réputation de la maison qui ne pouvait tolérer cette mauvaise publicité. La mort dans l'âme et les larmes aux yeux, Mme Kuniko dut se résoudre à demander à sa plus chère et loyale amie de quitter l'okiya en emmenant son étalon de fils le plus loin possible. La mère de Nobu en conçut une tristesse immense. Son caractère changea, elle se referma sur elle-même et, pour éviter le déshonneur, se résolut à expédier son fils unique chez son père, à Sapporo.

Fasciné par l'histoire de son compagnon, Thad s'était donc laissé conduire dans une maison de thé de première catégorie. Dans le vestibule, il avait dû se déchausser avant de pénétrer dans une salle d'aspect modeste. Les tatamis disposés sur le sol formaient un U. Il y avait déjà quelques hommes assis en tailleur et quatre femmes qui semblaient sorties tout droit d'un livre d'histoire.

Thad était incapable d'évaluer leur âge, de juger leur beauté tant leurs visages étaient enfarinés comme la figure du clown blanc, celui qui fait toujours un peu peur aux enfants. Même leurs sourcils sombres disparaissaient sous l'épaisseur du maquillage. Leurs lèvres redessinées au pinceau donnaient à leurs bouches une forme curieuse. Cette impression d'étrangeté était renforcée par le contraste entre le carmin profond des lèvres et le blanc du visage. « Comme toutes les putes du monde », pensa Thad. Pourtant ces lèvres rouges imposaient une distance, forçaient le respect.

Une jeune fille – en réalité il était impossible de deviner son âge, mais il préféra imaginer qu'elle fut jeune – vint s'asseoir à côté de lui et lui décocha un regard droit, profond, qui le fit vaciller sur ses bases. Elle murmura quelques phrases incompréhensibles et se tourna vers une de ses compagnes assise un peu plus loin, en gloussant. Au lieu de s'énerver comme à son habitude, Thad trouva ce rire charmant, presque gracieux. Nobu traduisit le kyo-kotoba, le dialecte de Kyoto utilisé par les geishas :

— Elle trouve ton nez beaucoup trop long mais tes yeux en amande lui plaisent. Elle dit que tu as le regard fier du samouraï. Tu vois, quand je te disais qu'elles savent y faire...

Puis Nobu l'encouragea à boire plus de saké qu'elle.

— C'est la coutume si tu veux montrer que tu es un homme.

Thad s'appliqua à relever le défi sans broncher mais la Nipponne friponne avait une descente digne d'une Malouine élevée au chouchen. Il conserva de la suite de la soirée un souvenir très embrouillé. Elle et lui dans une petite pièce attenante, ses doigts impatients se heurtant à la sophistication des nœuds qui maintenaient l'obi fermé. Ce que cette fille était capable de faire avec son corps tenait du prodige...

Thad avait toujours considéré le sexe comme un élément annexe dans son existence, sans jamais avoir réussi à définir son rôle et son importance. Au Japon, comme dans de nombreux autres pays où il avait sévi, le sexe se pratiquait sans état d'âme, comme on se nourrit ou comme on boit : par nécessité ou par ennui. Jusqu'à présent, il s'était montré plutôt économe, et cela convenait parfaitement à son appétit frugal. Mais les sensations qu'avait déclenchées la fille, le plaisir nouveau, la jouissance inhabituelle, vertigineuse avaient fait exploser sa tête et son sexe, le conduisant à s'interroger sérieusement : n'était-il pas passé à côté d'une activité essentielle, une chose inouïe durant toutes ces années ?

Nobu avait raison, les geishas étaient des femmes à part, exceptionnellement douées pour le réconfort. Après cette soirée, il lui rendit régulièrement visite. À chaque fois, la délicieuse geisha s'appliquait à l'aider à rattraper son retard. Et de quelles façons !

Les légères secousses du train rythmaient sa rêverie érotique.

Il pouvait presque sentir des mains douces caressant son visage, s'attardant sur l'arête de son nez. Il se rappelait avec précision les ondulations joyeuses du bassin de... Mitsuko ! contre le sien. Oui Mitsuko...
Quand la voix glaçante du haut-parleur annonça « Saint-Brieuc, terminus ! Tous les voyageurs sont invités à descendre. Veuillez vérifier que vous n'avez rien oublié dans le train », Thad était dans un état critique. La toile de son pantalon tendue à craquer.
Lorsqu'il ouvrit les yeux, le doux visage de Pam avait remplacé celui de Mitsuko et lui souriait. Tout en elle était parfait. Elle ressemblait à une promesse lointaine, un peu floue, tout droit sortie d'un rêve. Il se demanda quel goût aurait sa peau d'un beau blanc laiteux. Cette seule pensée le troubla, éveillant en lui un sentiment proche de la tristesse. Un état naturel chez lui, mais que seul quelque chose d'extraordinaire pouvait susciter.
Resté seul quelques instants dans le wagon à l'arrêt, Thad prit sa décision : il repartirait à Paris le plus vite possible et retournerait quai Malaquais, dans la toute Petite Boutique. Il devait la revoir pour vérifier ce que son instinct lui soufflait. C'était la rencontre de sa vie.

Chapitre IV

*Comment Steve McQueen
a changé le destin de
Jean-Christophe Le Kervantec*

Pour l'état civil, Thad s'appelait Jean-Christophe Le Kervantec. Il aurait fallu être présent durant l'été 1985 pour comprendre. Pendant tout le mois de juillet, sa mère oublia de lui adresser la parole, occupée à dévorer avec une jouissance, dont la seule évocation continuait de le fiche mal à l'aise, *Hannah*, le dernier roman de Paul-Loup Sulitzer.

Malgré cette douloureuse mise à l'écart, Thad était sincèrement heureux de voir briller les yeux de sa mère. Sans doute aurait-il aimé y être pour quelque chose, mais c'était déjà bien de la voir sourire. Ce n'était pas si fréquent.

Soizic Le Kervantec savait reconnaître un chef-d'œuvre quand elle en tenait un entre les mains. Elle avait réussi à se faire nommer responsable du club des lecteurs de Saint-Brieuc, à la barbe de la vieille Michalon, bibliothécaire à la retraite et de Soline Ledodec, institutrice de l'école primaire. À l'annonce de sa victoire inespérée sur deux adversaires de taille (et de poids en ce qui concernait la Michalon) Soizic comprit, une fois pour toutes, que rien ne pouvait entraver sa volonté. Après six années passées à sélectionner et à critiquer des dizaines d'ouvrages pour son club de lecture, on pouvait dire que question littérature elle en connaissait un rayon. Bouleversée par le destin d'Hannah dont elle se sentait infiniment proche, la mère de Jean-Christophe prit une décision irrévocable, sans jamais envisager qu'elle puisse avoir des conséquences : son fils unique, né de père à peine connu, aurait lui aussi un destin. À condition, bien sûr, de lui changer son prénom.

Il devait avoir dix ou onze ans lorsque Soizic le rebaptisa Thad, en hommage à Thaddeuz l'amoureux d'Hannah, à l'issue d'une cérémonie dont il n'est pas dit que le ridicule l'épargna. Thad nourrit longtemps une certaine acrimonie à l'égard de sa mère dès lors que la certitude de ne pas être né au bon endroit – il n'était pas polonais – s'imposa à lui. À l'instar du héros maternel, il se retrouva dans l'obligation morale d'avoir une vie d'aventurier. À l'âge de vingt ans, il envisagea de faire carrière dans la piraterie, mais Saint-Brieuc n'étant pas Saint-Malo, il dut se rendre une nouvelle fois à l'évidence : il n'était même pas né du bon côté de la Bretagne.

Soizic n'était pas méchante, elle essayait juste de ranger au mieux le désordre de sa vie. Elle s'était retrouvée enceinte d'un gars de la marine marchande, taillé comme une allumette, avec de grands yeux doux légèrement bridés. Ils s'étaient rencontrés à la crêperie An Ti-Krampouezh où elle faisait des extras pour se payer des études qu'elle souhaitait de lettres. Elle était en terminale.

La loi Veil n'avait pas réussi à convaincre la Bretagne et il ne se trouva personne pour prendre le risque d'aider la jeune femme. À son retour, le garçon voyageur ne reconnut pas Soizic dans la rue et encore moins l'enfant dans son landau.

Quand les voisines parlaient entre elles de fille-mère avec ce qu'il faut de mépris et de pitié dans la voix, Soizic faisait celle qui n'entendait pas. Le soir, elle pleurait de rage dans son oreiller pour ne pas réveiller l'enfant qui avait cessé de dormir depuis longtemps. Mais pour le savoir, il aurait fallu vérifier, pousser la porte. Soizic n'allait pas jusque-là, elle se contentait de l'écouter respirer derrière le battant entrebaillé mais n'entrait jamais. Alors Thad s'appliquait de toutes ses forces à bien respirer, bruyamment comme il convient, pour ne pas l'inquiéter. Et quand sa mère pleurait doucement dans son oreiller, il respirait plus fort pour la rassurer.

Quelques années plus tard, elle reprit son année de terminale là où elle l'avait laissée, et c'est en candidate libre – statut dont l'ironie ne lui échappa point – qu'elle décrocha enfin ce baccalauréat littéraire tant convoité. Pour y arriver, elle avait bûché la nuit quand son fils dormait et travaillé le jour à la crêperie. Elle ne se pensait pas capable de remettre les pieds là-bas ni de servir le moindre client de l'An Ti-Krampouezh. Trop de mauvais souvenirs... Mais elle mit son mouchoir par-dessus, ce qui suffit à recouvrir tout le reste. Elle était comme ça Soizic Le Kervantec : fière, obstinée, mais avant tout pragmatique. Elle reprit donc vaillamment le travail quelques semaines seulement après l'accouchement car elle avait obtenu une place prioritaire en crèche. Sa chance tournait. Au fond, c'était juste une question de point de vue.

Quand Jean-Christophe, qui ne s'appelait pas encore Thad, fut un peu plus grand, elle réussit à se faire engager à la bibliothèque municipale en dépit d'une rude concurrence. Son sens du relationnel, développé pendant ses années de crêperie, fit merveille. Son nouveau statut de fonctionnaire lui apportait enfin la respectabilité qui lui avait tant manqué. En empruntant sur quinze ans auprès du Crédit mutuel de Bretagne, elle put s'acheter un modeste appartement dans la périphérie de Saint-Brieuc. Soizic aimait cette vie rangée, ordonnée jusqu'à l'obsession, sans le moindre espace pour l'imprévu. Elle était un bloc de granit, de la nature de ceux dont on fait les menhirs, jamais elle ne se plaignait. Jamais, à aucun moment elle n'évoqua l'unique étincelle d'une vie éteinte. Même l'enfant ne fut pas un problème.

D'un naturel taciturne et renfermé, il ne posait pas de question et perdit très tôt l'habitude de réclamer quoi que ce soit. Il restait seul sans broncher, des heures durant, à condition que la télé soit allumée. Ils ne la regardaient jamais ensemble car pour Soizic, seule comptait la lecture. Thad avait fini par renoncer à attirer son attention puisqu'elle ne semblait rien aimer d'autre que ses livres. Hormis *Les Oiseaux se cachent pour mourir*, elle détestait les programmes de télévision, en particulier les westerns et les séries asiatiques de karaté qu'il affectionnait. Elle n'aimait pas les voyages et encore moins les voyageurs. Elle pensait qu'un livre suffisait à vous transporter vers un ailleurs d'où il était toujours commode de revenir.

Au fil des années, son fils s'était peu à peu éloigné d'elle, grappillant seulement comme un mendiant la chaleur qui gagnait parfois sa voix, de temps en temps son regard. Un regard qui restait le plus souvent absent, éteint. Cette femme-là, sa mère, lui devenait étrangère. Il pensait l'aimer bien sûr, par résignation, par égard pour tout ce temps passé ensemble qui les avait figés dans une relation curieuse vidée de sa substance. Il aurait pu comparer le lien qui l'unissait à Soizic, à celui qui relie une gérante de crêperie et son plus fidèle client. Bien entendu, il n'osa jamais cette comparaison et chacun resta sur son territoire. Thad grandit, replié sur lui-même. Heureusement, il n'était pas très grand et il y avait la télé. Elle avait tenté un jour de lui interdire la télévision pour l'obliger à lire et il s'était mis dans une telle rage qu'elle avait aussitôt renoncé. Ce fut la seule fois.

L'enfance et l'adolescence de Thad se déroulèrent paisiblement, largement occupées par la splendeur de ses héros. Pendant un temps, il s'intéressa à James West, des *Mystères de l'Ouest*, ultra-classe dans son wagon QG gracieusement mis à sa disposition par la Compagnie des trains. Mais quand la production décida après vingt-neuf épisodes en noir et blanc de passer le feuilleton en couleur, Thad décrocha. Il erra ensuite de chaîne en chaîne, bouffant du western spaghetti jusqu'à l'écœurement, jusqu'à sa rencontre déterminante avec Josh Randall, cow-boy solitaire et courageux, chasseur de prime doté d'un grand sens moral puisqu'il préférait prendre les méchants vifs plutôt que morts.

Pour trouver le ton juste, le geste parfait, l'adolescent avait pris l'habitude de s'entraîner des heures entières devant le miroir du salon. En quelques semaines, il maîtrisa à la perfection le plissement des yeux de Steve McQueen, sa lenteur dans l'amorce du mouvement du bras avant de dégainer, l'impassibilité déroutante de Petit Scarabée, son héros de *Kung Fu* et une façon de se déplacer sur la moquette qui n'était pas sans rappeler la démarche de John Wayne. Il sentait qu'il était tous les cow-boys à la fois. Grâce à sa famille cathodique, Thad avait trouvé sa voie : il serait chasseur de prime, cow-boy ou mercenaire (il ne voulait pas faire son difficile). Il offrirait ses services contre de l'argent, mènerait une existence solitaire, ce qui ne changerait rien à ses habitudes. Il pourrait même tuer – il en était sûr – pour une cause juste.

Bouleversé d'avoir trouvé avec certitude ce qu'il allait faire de sa vie – c'est fou ce que la télé est capable de vous détraquer – Thad fit les cent pas, en proie à une grande agitation, guettant le retour de sa mère pour lui annoncer la grande nouvelle.

Comme à l'accoutumée, celle-ci ne vint pas.

Qu'importe, de cette période, il acquit une foi tranquille et inébranlable en la fiction qui lui permit de traverser sereinement les années qui suivirent.

Chapitre V

*Quand l'univers impitoyable
de Dallas glorifie la loi du plus fort*

Il s'en est fallu d'un cheveu pour que Pam s'appelle Sue Ellen. Enceinte jusqu'aux dents, Solange, sa mère, s'était fait son opinion. Sa fille (elle n'avait aucun doute sur le pronostic) s'appellerait Sue Ellen, serait courageuse, déterminée, et bien sûr mariée à l'héritier d'un grand propriétaire terrien, ce qui la mettrait à l'abri du besoin. Mieux valait (et de loin) faire héritière-pétrolière que flambeuse-pétroleuse, songeait-elle en caressant son très gros ventre.

Bien sûr, Sol n'était pas complètement idiote et ne se faisait guère d'illusions concernant les richesses pétrolières du sous-sol français, mais l'intention y était. Elle se voyait bien vieillir sous les traits de Barbara Bel Geddes alias Miss Elie, follement classe avec ses rides à peine visibles façon *Oil of Olaz*, les cheveux courts coiffés en arrière, blond argenté sans faire vieillot. La véritable patronne de Southfork, c'était elle. D'ailleurs, le générique ne s'y trompait pas qui la créditait d'un *Miss* terriblement chic quoiqu'un peu mystérieux, à soixante ans bien tapés.

Dans l'épisode diffusé ce soir-là, Sue Ellen avait dépassé les limites. Dans une scène d'hystérie, qui laissa la mère de Pam le souffle coupé, elle réussit à balancer trois verres de bourbon au visage de J.R. (qui en avait profité pour ficher le camp un sourire sadique au coin des lèvres) avant de s'écrouler complètement déchirée sur le sofa (les Américains ne disent jamais canapé). Quand Sol reprit sa respiration, les contractions se succédaient au rythme régulier de une toutes les trois minutes. Il était grand temps d'appeler l'ambulance. N'empêche que Sue Ellen venait de dégringoler dans l'estime de Solange et, pour la première fois, le doute parvint à s'immiscer entre deux contractions d'une rare violence.

— Mich, hurla-t-elle, en se tournant vers son mari pourtant assis tout près d'elle dans la voiture du Samu. La sirène faisait un boucan pas permis et Sol grimaçante de douleur avait du mal à parler. Je ne sais pas si c'est une bonne idée d'appeler la petite Sue Ellen.

Sans opinion, Mich hocha la tête et se contenta de serrer très fort la main de sa femme.

— Pourquoi pas Pamela ? hasarda-t-il.

Au moment de la délivrance, la sage-femme de garde qui avait vu la fin de l'épisode confirma à Sol que Sue Ellen était une traînée alcoolique, indigne d'être une Ewing, et elle fit mine de cracher par terre.

— Et Pamela ? haleta Sol.
— Pamela ça va, assura la nurse.

Le sort en fut jeté, ce serait Pamela, douce et belle héritière de la famille Barnes, ce qui n'est pas rien non plus. Plus gentille, plus effacée que sa belle-sœur par alliance, mais c'était beaucoup mieux comme ça.

*
* *

En dépit d'une enfance marquée par *Les Feux de l'amour*, Pam manifesta très tôt une lubie extrême-orientale que ses parents jugèrent autrement plus gracieuse et moins bruyante que la mode grunge qui sévissait alors. Veste de bûcheron ouverte sur des pantalons XXL de l'Armée du Salut, longs cheveux gras, Nirvana à fond dans les oreilles. *I swear that I don't have a gun*, jurait le chanteur bientôt suicidé.

Pamela, totalement étrangère à cette ambiance sale et désespérée, entrait sur la pointe des pieds dans sa période Yoko Tsuno. Deux traits d'eye-liner charbon étiraient jusqu'aux tempes ses grands yeux ronds, ses cheveux teints en noir corbeau encadraient impeccablement son petit visage tel un casque parfait, raide et lourd. C'était d'ailleurs le seul minuscule détail qui chagrinait Solange. Les héroïnes de ses feuilletons préférés, Kelly, Eden ou encore Nicole, portaient le cheveu blond et ondulé. La direction que prenait Pam était plutôt déconcertante mais Sol et Mich mirent cela sur le compte d'une lubie d'ado, forcément passagère. Jusqu'au jour où, pour tromper son ennui, Pam emprunta *Geisha*, à la bibliothèque du lycée. Une révélation ! Tout dans ce roman faisait sens : ce mélange unique de superficialité et de strict protocole, d'élégance et de sophistication. À ce monde qui court à toute allure et qui parfois fonce dans le mur, les geishas opposaient la préservation des coutumes et des savoirs, la lenteur et la perfection de l'ouvrage. On était bien loin des cours de compta et d'informatiques censés lui offrir un avenir et la sécurité à sa sortie de l'école. Il existe des moments singuliers où la trajectoire suivie par une personne se subdivise en plusieurs voies : une seule va se réaliser mais toutes sont possibles. Après y avoir longuement réfléchi, Pamela décida qu'elle serait geisha, sans pour autant savoir s'il existait une filière professionnelle qui puisse l'y préparer.

Chapitre VI

*Où l'on prend conscience
que trop de makis-sushis
nuit à la santé du couple*

Pamela annonça à ses parents sa décision de renoncer à sa formation d'assistante de direction. Elle leur expliqua avec douceur qu'elle avait besoin de temps pour réfléchir à son avenir. Sol et Mich ne surent s'opposer à leur fille unique, brillamment diplômée : elle avait décroché une mention assez bien à son bac techno. Ils décidèrent donc de lui faire confiance.

Malheureusement, elle s'était renseignée, il n'existait aucune école de geisha ni à Melun, ni ailleurs. Refusant de se laisser abattre, Pam eut l'idée de se présenter au Yakitori, le restaurant japonais du centre-ville pour se former « sur le tas ».

Ce jour-là, elle s'habilla avec soin, choisissant son kimono préféré : bleu nuit avec de jolies arabesques gris anthracite qui semblaient s'enrouler naturellement autour de son corps. À défaut de posséder l'obi adéquat, elle avait enfermé à double tour sa taille minuscule dans un morceau de tissu replié en deux pour faire illusion. Elle maquilla minutieusement son visage de poudre minérale d'un blanc laiteux en prenant bien soin de ne pas laisser apparaître sa peau autour de la bouche, près des yeux et derrière les oreilles. Les raccords lui prirent un temps fou, mais elle s'appliquait comme si sa vie en dépendait. Elle utilisa ensuite un khôl noir pour redessiner ses deux sourcils en arc de cercle à la courbe parfaitement maîtrisée et posa une touche de rouge, adorable gommette, juste au milieu de ses lèvres. Il s'agissait de faire bonne impression.

Elle s'imaginait le restaurant comme une sorte de maison de geishas, une okiya moderne et se sentait prête à astiquer le sol et vider les poubelles pour peu qu'en échange on lui apprît l'art délicat de la calligraphie et celui de la préparation du thé. En dépit de son maquillage à faire rougir une pute, elle fut engagée sur-le-champ.

Inutile de dire que Pam déchanta rapidement, et qu'en fait d'apprentissage, elle dut mémoriser le nom et la lettre correspondant aux différentes photos des menus proposés par le restaurant. Surtout, ne pas oublier les deux brochettes supplémentaires de bœuf fromage pour le menu Kyoto 16. Sans parler des verres à saké pour voir les bonnes femmes à poil dedans. La déception fut à la hauteur de ses espoirs : immense.

Son fiancé Yvon, qui le tenait de source sûre, lui avait raconté que les restaurants japonais étaient tous tenus par des Chinois qui profitaient de l'imbécillité occidentale incapable de faire la différence entre un Chinois, un Japonais, un Coréen et un Thaï. Pour ajouter à la confusion, le personnel portait une veste de kimono bleu et arborait un bandeau blanc marqué d'un soleil rouge au milieu du front. Ils ressemblaient aux figurants des *Têtes brûlées*, la série télé préférée de son père. En dépit des révélations d'Yvon, elle tint bon. La persévérance est une qualité essentielle pour une geisha, alors Pam persévérait.

La patronne avait lieu de se réjouir. Tout Melun-Sénart défilait dans son établissement pour voir la fille de Sol et Mich attifée comme pour la parade, servir des makis-sushis sans jamais lever les yeux. Au début, elle avait du mal à se déplacer, les chaussettes blanches coincées dans les socques de bois entravaient sa marche : à peine trois petits pas quand ses collègues orientaux avaient déjà effectué deux allers-retours au moins. Et la salle entière retenait son souffle quand elle apparaissait, frêle silhouette au long cou de cygne, portant de lourds plateaux chargés de soupe miso, de riz gluant et autres brochettes. Peu à peu, Pam apprit à compenser la petitesse de ses pas et son extrême lenteur par une gestuelle si délicate que même les gars de la Poste réunis pour déjeuner au Yakitori chaque vendredi baissaient d'un ton lorsqu'elle s'approchait de leur table, touchés par sa grâce.

C'est quand elle se mit au cantonais par correspondance qu'Yvon la quitta. Jusque-là, son fiancé officiel avait supporté sans broncher toutes les étapes de sa japonisation. Bien sûr, il avait un peu grogné quand elle avait insisté pour qu'il porte des espèces de claquettes en bois à la maison. Une vraie saloperie ces godasses, un coup à se tordre la cheville sans pouvoir expliquer pourquoi. Ni au toubib ni aux copains. Mais Pam avait ouvert son kimono et Yvon avait cédé. Ses longs cheveux noirs et soyeux, la blancheur de son teint, la transparence presque irréelle du grain de sa peau lui donnaient le tournis. Et cette façon qu'elle avait de prendre soin de lui en massant sa nuque et ses pieds quand il rentrait le soir... Les choses avaient commencé à se gâter réellement avec la nourriture. Pam mettait un soin quasi obsessionnel à la préparation dans les règles de l'art des makis, sashimis et autre chirashis, surtout depuis qu'elle travaillait au Yakitori. Yvon ne supportait plus, mais alors plus du tout, cette bouffe pour tortue ninja. Arrivée à une encablure du point de non-retour, Pam eut l'intuition du désastre et cessa ses satanés sushis.

Le jour d'après, elle lui cuisina un tartare d'algues accompagné d'une sauce aigre-douce relevée d'une pointe de wasabi. Ce fut pire. Yvon commença à dîner dehors un soir sur deux et à rentrer de plus en plus tard pour s'achever au saké sur le canapé. Pour tromper une attente solitaire et douloureuse, Pam s'était donc mise au cantonais par correspondance. Ce fut le grain de riz qui fit déborder le vase.

Le cantonais, c'est du chinois, et Yvon n'aimait pas qu'on le prenne pour un con.

Sur le moment, Pamela ne réagit pas à leur rupture. Puis la douleur lui rendit visite. Intense, aiguë. Après dix-sept jours de chagrin ininterrompu, le visage émacié, tellement transparent qu'on pouvait presque voir à travers, le ventre rétréci et ses longs cheveux coupés par désespoir, Pam prit conscience que la souffrance était un cercle parfait dont elle venait de faire le tour. N'ayant pas le moins du monde l'instinct de propriétaire, elle décida que sa peine avait assez duré et qu'il était temps pour elle de prendre la tangente, de quitter cette géométrie douloureuse et sans issue. Profondément blessée par ce premier chagrin d'amour, elle développa instinctivement un talent pour l'autoprotection.

Ce n'était pas tant la rupture avec Yvon qui l'avait sidérée mais plutôt la façon dont son corps avait réagi quand le chagrin lui était tombé dessus, comme s'il était mué par un système autonome, indépendant de sa volonté. Ce fut surtout cela qui l'inquiéta. À l'avenir, se promit-elle, il faudra veiller à ne pas lui laisser autant de liberté. Elle se leva, enfila sa veste de kimono, noua son obi avec application et mit de l'eau à chauffer pour son thé.

Chapitre VII

*Quand la délicatesse supposée
du peuple japonais en prend
pour son grade*

Ils étaient au moins huit, attablés dans le petit salon particulier à l'étage. Pam les avait remarqués tout de suite. Même au Yakitori, huit Japonais ne passaient pas inaperçus. Ils avaient commandé les menus les plus chers, ceux qui sont servis dans des bateaux en osier, avaient réclamé des suppléments d'entrée de jeu, la bière japonaise coulait à flots et les bouteilles de saké n'allaient pas tarder à suivre. Ça sentait le chiffre d'affaires de la semaine. Dès lors qu'il s'agissait d'argent, la patronne était capable de se transformer en tenancière affable, sourires et courbettes à gogo.

Pour ajouter une touche de folklore, elle avait affecté Pam au service des boissons. La réservation avait été faite au nom du Dr Atsura et ils étaient convenus par téléphone que celui-ci paierait la totalité de la note en fin de repas mais le plus discrètement possible afin de ne pas indisposer ses invités. La patronne avait trouvé le principe aussi classe que rentable. Cela changeait des nombreuses tablées qui passaient deux heures à disséquer l'addition payant la moitié en tickets-restaurants, un tiers en avoir de la semaine précédente et le reste en chèques et petite monnaie. Des comptes à vous flanquer une migraine à aspirine.

Atsura sonnait vraiment japonais, elle alla donc sermonner son cuisinier pakistanais pour qu'il mette le paquet. La soirée s'annonçait bien. Chaque fois que Pam redescendait, elle commandait deux bouteilles de saké supplémentaires. Habillée comme elle l'était, la petite faisait de l'effet et elle se félicitait intérieurement de son choix.

Pam était particulièrement stressée et craignait que sa nervosité ne gâte son maquillage et lui fasse commettre des maladresses. C'était la première fois qu'elle voyait des Japonais de près. À force de saisir des petits bouts de conversation, elle avait compris qu'ils venaient fêter l'ouverture du premier garage Japauto de Melun-Sénart. L'homme le plus âgé en bout de table, celui qui la regardait à la dérobée puis de plus en plus ouvertement, offrait le dîner aux autres. À chacun de ses passages, Pam déchantait davantage. Les clients étaient de plus en plus ivres, congestionnés, au bord de l'apoplexie, grotesques. Rien à voir avec les samouraïs farouches mais dignes dont elle rêvait en secret. L'alcool leur faisait perdre toute bienséance. Ils vociféraient en tapant du poing sur la table, roulaient des yeux de merlan frit et essayaient d'attraper la manche de son kimono quand elle s'approchait pour débarrasser.

Le fait est qu'elle n'avait plus du tout envie d'y retourner mais le manuel d'apprentie geisha qu'elle avait dégotté à la médiathèque de Melun-Sénart, était formel : que ça lui plaise ou non, et dans ce cas mieux valait changer immédiatement d'orientation professionnelle, une geisha doit veiller au bien-être de ses clients pendant toute la durée du banquet. Travail qui consiste, lorsqu'on est une simple apprentie, à remplir les verres et à vider les cendriers. Elle n'avait pas d'autre choix que d'y retourner et d'agir de manière irréprochable en feignant de ne pas s'apercevoir que la situation dégénérait. Un petit gros très rouge, très ivre et très con, tenta de dénouer la cordelette qui maintenait son obi fermé.

— Kotaro, intervint d'une voix douce mais extrêmement ferme l'homme âgé en bout de table, je pense que vous indisposez cette demoiselle.

Le petit homme rouge voulut s'indigner, baragouina que c'était pour rire, qu'il s'agissait d'un jeu et qu'il ne fallait pas se formaliser pour une serveuse qui, certainement, en avait vu d'autres. Il termina dans un rot sonore avant de s'écrouler sur la banquette, tête en arrière, bouche ouverte et se mit à ronfler bruyamment.

Pamela finit son service très tard ce soir-là, le temps de nettoyer et de ranger le petit salon du premier étage. En quittant le restaurant, elle se sentait triste et terriblement déçue. La délicatesse légendaire du peuple japonais venait d'en prendre pour son grade.

*
* *

Elle se réveilla le lendemain, la tête un peu lourde, le dos et les épaules endoloris. Mais ce n'était rien comparé à ses pieds. En se levant pour mettre la bouilloire à chauffer, elle eut l'impression de marcher sur du verre et comprit mieux les souffrances endurées par la Petite Sirène essayant sa nouvelle paire de jambes sur le rivage. Pourquoi infléchir le cours de sa vie devait nécessairement faire aussi mal aux pieds ?

Le thé brûlant dissipa le brouillard matinal qui enveloppait ses pensées et les détails de la soirée firent surface avec plus ou moins de netteté.

Comment un peuple si raffiné, si respectueux d'autrui pouvait-il agir de la sorte ? Les clients de la veille s'étaient comportés comme des imbéciles, à croire que la décadence n'avait pas épargné le Japon. À la troisième tasse, Pam révisa son jugement : elle ne pouvait pas condamner tout un peuple parce que huit de ses représentants, garagistes de surcroît, s'étaient pris une cuite monumentale. Enfin, pas tous les huit... il y avait l'homme qui présidait. Celui-là était intervenu en sa faveur, prenant ouvertement position contre son compatriote. Il avait un regard doux, de belles manières et ressemblait à l'idée qu'elle s'était faite du mystérieux Président, dont Sayuri, l'héroïne de *Geisha*, était amoureuse en secret pendant de longues années. Un mélange de son imagination et du visage de Tony Leung, l'acteur qui jouait l'amant dans *L'Amant*. En plus vieux, en moins chinois. Celui-là rachetait tous les autres.

Son petit-déjeuner bu, Pamela entreprit de ranger la cuisine familiale. Elle était reconnaissante à ses parents de l'avoir reprise à la maison après sa rupture avec Yvon. Ils s'étaient abstenus de lui poser trop de questions. Surtout Sol, ce qui était particulièrement louable de la part, elle qui jouait depuis un moment avec l'idée qu'il serait le père de ses petits-enfants.

C'était l'heure de son bain. Comme les Japonaises, Pam prenait sa douche la veille, avant de se coucher, et son bain au réveil, après son thé. Elle aimait ces deux moments : la douche pour l'hygiène, le bain pour la détente. Un bâton d'encens et quelques pétales de fleurs à la surface de l'eau et elle se sentait l'âme d'une geisha, belle comme la fille de la pub Obao.

En pénétrant dans la salle du Yakitori à dix-huit heures précises, pour la mise en place du dîner, elle sentit un léger changement d'atmosphère. Les autres employés qui, d'ordinaire, ne lui adressaient ni la parole ni un regard – hormis Nikki, la Coréenne originaire de Sarcelles – la regardaient différemment. C'était à la fois imperceptible et violent. Pam salua ses coéquipiers comme à l'accoutumée, feignant de n'avoir rien remarqué mais ne put s'empêcher de sursauter lorsque la patronne se rua hors de la réserve. Pam se raidit d'instinct, se préparant au pire. Elle repassa mentalement ses gestes de la veille : elle avait tout débarrassé, vidé les cendriers, rangé les bouteilles à moitié pleines (pour les resservir aux clients suivants parce qu'il n'y avait pas de petites économies), jeté les vides dans le container réservé au verre, empilé les chaises sur les tables, sorti les poubelles... Elle était certaine de n'avoir rien oublié. Rien, si ce n'est son pourboire qu'elle avait omis de réclamer, tellement elle était fatiguée.

— Viens dans mes bras, ma fille. Tu as fait le meilleur chiffre de la semaine !

La vieille pie ridée exultait. Pam eut un mouvement de recul et la Chinoise resserra son étreinte. Elle tenta de se dégager, mais l'affaire ne se présentait pas bien.

— Il est revenu en personne ce matin et il t'a apporté ça, dit-elle en lui montrant une composition florale à l'esthétisme étrange.

Il s'agissait d'un jardin miniature reconstitué sur un carré de mousse. C'était minuscule, charmant et d'une grande délicatesse. Quelqu'un avait eu la bonne idée de planter des violettes dont le parfum discret mais persistant enchanta Pam.

— Et ce n'est pas tout, ajouta la patronne en lui glissant une enveloppe dans la main, il m'a laissé ce pourboire très généreux en me disant de te le remettre en mains propres. Le Dr Atsura a beaucoup insisté et a promis de revenir dîner ici régulièrement car il s'occupe d'une affaire à Melun.

Oui, je sais, un garage Japauto, pensa Pam machinalement, avant de réaliser ce qu'elle venait d'entendre. Atsura : c'était vraiment un très beau nom pour un amant.

*
* *

L'homme tint sa promesse et revint dîner. Il attendait patiemment que Pamela finisse son service. Il avait de belles manières, parlait doucement et sentait bon. Le troisième soir, au lieu de la raccompagner chez ses parents, il sollicita l'honneur d'emmener Pamela au Mercure de Melun.
Elle ne dit pas non.
— Bien faire l'amour demande beaucoup de retenue et de détachement. Tout le contraire de la culture occidentale, avait précisé le Dr Atsura. Cela peut te sembler contre nature mais, crois-moi, quand cet art est bien maîtrisé, il permet de transporter les corps et les esprits vers l'harmonie parfaite.

Pam s'était beaucoup appliquée et avait beaucoup pratiqué. De nature plutôt réservée dans la vie quotidienne, elle se révéla totalement désinhibée et se consacra avec plaisir à ce nouvel apprentissage. Le Dr Atsura faisait preuve d'une belle patience, n'hésitant pas à payer de sa personne pour permettre à Pam de se perfectionner et d'approfondir ses connaissances. Il alternait la théorie et la pratique avec un grand sens de la pédagogie. Il lui expliqua pourquoi dans son pays l'érotisme est une notion extrêmement sophistiquée qui repose sur la tension invisible entre la suggestion et la frustration. Il lui apprit aussi comment glisser du registre du désirable à celui de l'interdit sans heurt, ni application, avec naturel et fluidité.

— Tu es une œuvre que l'on contemple Pamela, chaque détail compte, répétait-il à chacune de ses visites à Melun-Sénart. Tes ongles, ta coiffure, la manière dont tu t'habilles et, bien entendu, celle dont tu te déshabilles, tout cela s'apprend. Il existe des écoles spécialisées dans mon pays. Tout s'apprend, sauf une chose essentielle que tu as la chance de posséder, même si tu n'en as pas conscience.

— Qu'est-ce que c'est ? demanda Pam, curieuse.

— La sensibilité. Une geisha est une personne attentive à la joie mais aussi à la douleur, capable de voir le beau et de ressentir la tristesse. Contrairement à ce que pensent les ignorants et les imbéciles, ce sont des femmes d'une immense sensibilité, des confidentes incomparables.

La leçon particulière se poursuivait assez tard dans la soirée quand le saké remplaçait le thé.

— Le sexe fait partie de la vie. Chez nous, le péché de chair n'existe pas. Il n'y a donc aucune culpabilité à éprouver uniquement du plaisir.

Pam était d'accord et trouvait que c'était vraiment une bonne idée que le sexe échappât au jugement moral, ainsi on pouvait se concentrer sur la pratique. Chaque fois qu'elle passait la soirée en compagnie de son amant japonais, elle rentrait chez ses parents les yeux emplis de rêves, plus que jamais déterminée à devenir la plus grande geisha de tout Melun-Sénart.

Patiemment, Pam apprit à contrôler tout ce qui se passait en elle, depuis le fond de son cœur jusqu'à la pointe de ses cheveux. Il y avait une manière précise de faire chaque chose et tant de détails à retenir pour y arriver. Même la façon de servir la bière obéissait à des règles strictes : la main droite devait être placée en haut de la bouteille et couvrir l'étiquette, tandis que la gauche tenait la bouteille par en dessous. Ce genre de subtilité l'enchantait. Elle savait qu'au début de son apprentissage, il fallait se mettre au service des autres et leur faciliter la vie. À commencer par ses parents. Le Dr Atsura avait beaucoup insisté sur un point essentiel, à ne jamais négliger : le culte des ancêtres.

Solange et Michel ne surent jamais qu'ils avaient accédé de leur vivant au statut d'ancêtres. Leur fille s'occupait de tout et très bien. Les courses étaient faites, la maison rangée. Quand elle ne travaillait pas au restaurant, elle se plongeait des heures durant dans la lecture d'ouvrages sur le Japon médiéval, se passionnait pour la vie des geishas dans le quartier de Gion et les histoires de samouraïs, en particulier celle des quarante-sept ronins.

Après la condamnation au suicide publique de leur maître, un groupe de quarante-sept samouraïs décida, en pleine conscience de la lourde sanction qu'ils encouraient, de le venger. Ils se cachèrent pendant deux ans afin de planifier leur riposte, réussirent à capturer et tuer le responsable de la mort de leur seigneur (uniquement parce que celui-ci refusait de se faire seppuku lui-même) puis, tous ensemble, ils se donnèrent la mort et furent enterrés sur une seule rangée face à la tombe de leur seigneur.

Pamela était convaincue que la définition de l'honneur, de la loyauté, de la fidélité, du courage, de l'excellence et de la persévérance se cachait dans ces histoires japonaises. Tout ce qui donnait du sens à l'existence s'y trouvait. Il n'y avait qu'à les lire et les relire et tout irait bien.

Sol et Mich ne s'étaient pas particulièrement inquiétés de cette passion pour la culture japonaise, ils avaient laissé faire. D'autant plus que, grâce à elle, leur fille avait même trouvé une belle situation à Paris : commerciale dans un espace de vente très bien situé, quai Malaquais. Son futur patron et son épouse, japonais tous les deux, s'étaient même déplacés jusqu'à leur pavillon pour se présenter et les rassurer. Ils en étaient certains, Pamela possédait une sensibilité et des talents qui feraient merveille dans leur Petite Boutique japonaise.

Chapitre VIII

*Où l'on comprend la différence
entre le hasard et les probabilités,
la chance et les statistiques*

Depuis qu'il était entré dans la petite boutique, Thad avait l'impression de tout connaître d'elle. D'après ses calculs, ses chances pour qu'une fille pareille s'intéresse à lui étaient proches de zéro. Mais si infime soit-elle, la possibilité demeurait. C'est la différence entre le hasard et les probabilités, la chance et les statistiques. Il devait tenter quelque chose. Mais quoi ?

Lorsque son esprit se heurtait à ce point précis de son raisonnement, il ne voyait plus qu'une seule issue : retourner quai Malaquais pour faire le point. Il avait donc rendu au moins six visites à la jolie marchande de bonsaïs pour lui parler un peu, la regarder surtout, imaginer ses cheveux se dénouer et retomber en masse sombre. Il guettait son sourire comme on guette une apparition, comme on attend une illumination. Quand les sensations qu'il éprouvait à chaque fois en sa présence – la voix asséchée, les jambes amollies – avaient suffisamment progressé pour qu'il se sente devenir idiot, il tournait les talons et s'enfuyait lentement, avec dignité.

Quant à Pamela, elle se sentait nerveuse, cela ne lui ressemblait pas. Sans vraiment les attendre, elle espérait les visites de Thad et ne savait jamais à l'avance quand il se manifesterait. C'était à la fois délicieux et un petit peu insupportable. Pour tout dire, c'était très nouveau pour elle. Lorsqu'elle plaisait à un homme – la situation était assez fréquente – elle ne s'interrogeait guère longtemps sur ses intentions. La plupart voulaient coucher avec elle, comme on visite un musée de province, comme on tente la cuisine exotique. Pour voir... pour le fun ou plutôt le folklore... Quand elle était bien disposée, elle se prêtait de bonne grâce à quelques « fantaisies sexuelles du soleil se levant » dont elle était l'interprète principale.

À l'orée de chacune de ces liaisons passagères, elle craignait de ne pas être assez savante, ni à la hauteur du fantasme, un niveau particulièrement difficile à atteindre. Alors, pour améliorer sa confiance en elle, elle suivait précisément les conseils du Dr Atsura et de son épouse Masako, qui l'avait prise en amitié, et tout se passait le mieux du monde. Bien sûr, elle croisait quelquefois des imbéciles qui attendaient d'elle des choses humiliantes ou douloureuses et elle devait interrompre le jeu avant qu'il ne vire au drame. Avec le temps, elle apprit à les repérer pour mieux les éviter.

Mais dans la situation présente, elle n'avait pas la moindre idée de ce que Thad attendait d'elle. Et, beaucoup plus étrange encore, elle ignorait ce qu'elle attendait de lui.

— Si vous n'y voyez pas d'inconvénient et si vous n'avez pas quelque chose de plus important à faire, je serais heureux de vous inviter à déjeuner, lui avait-il demandé à l'issue de sa... cinquième... non, sixième visite. Mercredi ?

— Mercredi est un jour parfait.

Le mercredi suivant, Thad vint la chercher à midi pile. Quand le carillon de la porte retentit, Pam était prête depuis un long moment. Ils sortirent tous les deux sans échanger une parole et marchèrent lentement côte à côte. Thad admirait discrètement son allure et son port de tête gracieux. Le contraste entre ses cheveux sombre et sa peau claire était saisissant. Il remarqua alors un grain de beauté sur la ligne du cou, juste avant la naissance de la clavicule. Cette découverte le bouleversa et il dut résister à l'envie de la serrer contre lui.

— J'ai réservé dans un salon de thé japonais, rue Saint-Florentin. J'ai pensé que cela vous plairait, dit-il enfin.

— C'est très délicat de votre part, murmura Pam.

Ils s'installèrent gentiment l'un en face de l'autre, sans précipitation ni gêne. Thad la complimenta sur l'exquise originalité de sa tenue. Pam rosit de plaisir. Elle avait désiré qu'il la trouvât jolie et s'était habillée avec soin pour lui plaire. Après maintes hésitations, elle avait finalement renoncé à porter son kimono préféré – le vert foncé avec une bordure couleur de mousse – pour choisir une ravissante robe d'inspiration chinoise. Les broderies fragiles et délicates du tissu dessinaient de fines fleurs grises qui remontaient le long de son corps pour réveiller un blanc trop innocent. Son maquillage était allégé pour l'occasion, elle ne voulait pas qu'il se méprenne sur son compte. Beaucoup de gens se trompaient sur elle, d'ordinaire elle s'en moquait, mais pas aujourd'hui. Pas avec lui.

Thad se révéla d'excellente compagnie. Il lui parla un peu de ses voyages et beaucoup du Japon dont il maîtrisait la langue. Pam buvait ses paroles, émerveillée par la coïncidence. Elle voulait tout savoir : les paysages, les gens, la nourriture. Est-ce qu'il existait encore des samouraïs ? Des geishas ?

Thad ne se fit pas prier, il parla, encore et encore. Naturellement, les samouraïs existaient toujours, mais après leur démobilisation, ils étaient entrés dans la vie civile. Les seigneurs de la guerre, comme le terrible Toranaga de *Shogun*, étaient devenus des capitaines d'industrie autrement plus puissants que leurs ancêtres. Il existait encore des geishas à Kyoto. Oui il avait eu l'occasion d'en rencontrer, son meilleur ami japonais était même le fils de l'une d'entre elles.

C'était la première fois que quelqu'un lui demandait de raconter, la première fois qu'on l'écoutait avec attention, et même avec passion. Il était chaviré par la drôle de façon qu'elle avait de s'adresser à lui, de le regarder droit dans les yeux. Il commanda une bouteille de saké et celui-ci fut proposé tiède comme il se doit. À la troisième coupe, car dans cet endroit raffiné il n'était pas envisageable de servir le saké froid dans une tasse pleine de bonnes femmes à poil, Pam sentit une délicieuse chaleur l'envahir.

Quelle heure pouvait-il être ? Privée de ses repères, elle n'en avait pas la moindre idée. Suspendue à l'instant, comme le rossignol de l'empereur de Chine sur sa branche, elle attendait que son cerveau déclenche le signal du départ. Car il fallait rentrer, cela ne faisait aucun doute. Une geisha reconnaît d'instinct le moment où le désir de l'homme atteint le point d'équilibre parfait et il lui faut alors s'éclipser. « L'érotisme véritable naît de la frustration et se développe dans l'imagination, lui avait enseigné le Dr Atsura. C'est la condition pour être inoubliable. »

Encore un peu, supplia-t-elle mentalement, à l'intention de son mentor.

— Marchons, proposa Thad, les yeux étrécis pour échapper à l'éblouissement du soleil encore très haut en ce début du mois de septembre. Je crois que je suis un peu gris, dit-il en s'emparant fermement de son coude pour l'aider à traverser la rue de Rivoli.

Il la touchait enfin. Ce contact le troubla, suscitant en lui l'envie irrépressible de la garder tout entière. De s'approprier quelques secondes encore ce grain de peau, où perlaient de minuscules gouttes de sueur, ce regard, les battements de ce cœur.

— Allons aux Tuileries.

— Excellente idée, acquiesça Pam dans un souffle.

Tout son être était concentré dans cette pression inattendue sur son coude. Une pression ferme, sans être insistante, enveloppante sans être embarrassante. Il ne lui avait pas pris la main, c'eût été ridicule, ni l'épaule, c'eût été gênant, non, il s'était emparé de son coude avec autorité pour la protéger des véhicules lancés à vive allure.

Pam retenait sa respiration, se laissant guider du bout du coude. Si la situation l'y avait autorisée, elle aurait certainement fermé les yeux pour s'abandonner tout entière à cette sensation. Mais cela n'aurait guère été raisonnable, elle se força à les garder ouverts. Thad maintint son emprise un peu plus longtemps que ne l'imposaient les graves dangers de la circulation. C'est ainsi qu'ils franchirent la grille latérale du jardin des Tuileries.

Il ne savait pas trop comment l'expliquer mais la présence de la jeune femme à ses côtés lui donnait un sentiment de perfection. Elle lui faisait penser à un rayon de soleil sous la pluie, au temps qu'il fait souvent à Saint-Brieuc. C'était exactement cela, elle lui faisait penser au ciel de Bretagne, imprévisible, fantasque, menaçant, sublime.

Pam n'arrivait plus à respirer correctement. La proximité du samouraï breton perturbait l'ensemble de ses fonctions vitales. Elle avait accepté la promenade, en dépit de l'heure tardive, pensant que le mouvement apaiserait un peu son tumulte intérieur. Marcher sans trop le regarder, profiter de sa présence sans avoir à baisser les yeux, se laisser envelopper par ce parfum singulier qu'elle avait senti lorsqu'il s'était penché vers elle tout à l'heure pour rapprocher sa chaise de la table. Un mélange d'épices et de terre... avec une note de poivre, peut-être.

Rester encore un peu ensemble, marcher côte à côte. Son cœur continuait à s'agiter anormalement. Il faisait un tel vacarme qu'elle craignait que Thad et toutes les autres personnes présentes aux Tuileries ne l'entendissent tambouriner contre la soie légère de sa robe.

Thad ne marchait pas tout à fait droit. « Je suis un peu gris », avait-il dit. Il la frôlait par inadvertance, sa main effleurait son bras, s'y attardait un instant et se retirait aussitôt. Pam ne respirait plus, ralentissant sa marche au point de bientôt faire du surplace.

— Pamela, arrête-toi.

Pour la première fois, il utilisait son prénom. Et ce tutoiement soudain, inattendu. Elle s'arrêta et pivota très légèrement, levant les yeux vers lui.

Thad toussa un petit peu, son regard noir plongea dans ses prunelles et s'y agrippa comme un noyé ; il marqua une pause, semblait hésiter à poursuivre. Puis il s'adressa à elle d'une voix légèrement voilée.

— Je crois que je fais de la tachycardie, je n'arrive plus à respirer. Il eut un petit rire nerveux, marqua une pause avant de reprendre. Je veux t'embrasser... maintenant... ici.

Il s'était rapproché, réduisant considérablement l'espace entre eux et s'empara très fermement de ses deux minuscules poignets. Était-ce une prière, une menace ? Ou simplement la manifestation d'une volonté qui ne pourrait souffrir un refus ? Pam n'y prêta pas attention. Parfaitement immobile jusque-là, elle se mit sur la pointe des pieds et concentra sa tempête intérieure dans son baiser.

Un seul baiser, inattendu autant qu'espéré, peut provoquer un bouleversement profond, de l'ordre du chaos intime. Et c'est très exactement ce qui se passa cet après-midi-là, dans les rayons obliques d'un soleil parisien particulièrement généreux. Un baiser échangé sous le regard étonné des promeneurs qui pourtant en ont vu d'autres. Un vrai baiser de cinéma, intense, sans fin, dont la puissance érotique les figea sur place. Un baiser de première fois, un baiser absolument déraisonnable. Un baiser dans lequel ils se perdirent tous les deux.

Il leur fallut reprendre leur souffle, remonter à la surface. L'apnée, aussi passionnelle soit-elle, se heurte toujours à des limites physiologiques. Que dire après un tel baiser ? Quelles paroles prononcer ? Une geisha n'est pas supposée éprouver du désir, elle est censée le provoquer, le satisfaire éventuellement, le maîtriser par tous les temps. Les pensées les plus saugrenues – sottes et grenues, aurait dit sa mère – s'entrechoquaient dans sa tête.

Se ressaisir ou s'abandonner ? Il fallait prendre une décision sans tarder. Pam était toujours maîtresse d'elle-même, y compris dans l'abandon. C'est le principe de survie des geishas : contrôler ses pulsions et les assouvir dans un contexte approprié. Le jardin des Tuileries en était-il un ?

— Je te désire comme un fou, grogna-t-il en s'emparant de son oreille droite et en remontant très haut la main sous la fente de sa robe.

Ce qui eut pour effet immédiat de lui zébrer le ventre dans une contraction sinusoïdale parfaite qui prit naissance au creux de son sexe, remonta tout droit vers son ventre, fit un détour remarquable par les reins, suivit le chemin de la colonne vertébrale comme la foudre disciplinée suit la voie indiquée par le paratonnerre, électrisa sa nuque pour aboutir en déflagration lumineuse dans son cerveau.

La protubérance de son pantalon signalait avec une précision chirurgicale l'honnêteté de ses propos. Il empoigna Pamela par la taille, et la pressa contre son bas-ventre. L'érection grandiose et toute-puissante semblait s'être propagée à l'ensemble de son corps avec une telle violence qu'il en resta sous le choc. La jeune femme ouvrit les yeux. Il s'attendait à ce qu'elle fiche le camp ou lui flanque une gifle. Elle sourit.

*
* *

Les soirs qui suivirent, elle prit tout son temps pour épousseter les bonsaïs un à un sur l'étagère, vérifier que le niveau de sa trésorerie n'avait guère bougé depuis le matin, ranger correctement les emballages de luxe que Keiko, la fille de son *dana*, cachait dans l'arrière-boutique quand sa fièvre acheteuse avait dépassé les limites acceptables pour ses parents, pour laisser à Thad le temps d'arriver.

— Konitchiwa Princesse, disait-il en faisant tintinnabuler le carillon de la porte d'entrée et il s'inclinait profondément devant elle.

Que Thad parlât le japonais était une source de joie sans fin. Tous les jours elle voulait apprendre des mots nouveaux et il s'exécutait avec plaisir. Sa prononciation lui arrachait des éclats de rire.

— Konitchiwa Thad-San, répondait alors Pam, accompagnant son salut d'un gracieux mouvement de buste.

Si elle forçait ses traits à rester impassibles, comme c'est l'usage, elle souriait intérieurement. Émue, heureuse.

— Par où rentrons-nous aujourd'hui ? C'est ton tour de choisir le chemin qui te plaît.

Mais c'est toujours ensemble qu'ils imaginaient de nouveaux itinéraires et Pam découvrit Paris et l'autre rive. Ils s'enfoncèrent dans le Marais, se perdirent dans les jardins des Halles, découvrirent les quais du canal Saint-Martin. Quand le temps le permettait, ils s'installaient à découvert sur les bus rouges pour visiter Paris. D'autres fois, ils s'offraient une promenade sur la Seine, en bateau-mouche, mais uniquement quand la visite se faisait en japonais. C'était ce que Pamela préférait par-dessus tout.

L'automne céda sa place à l'hiver. De temps en temps, Thad disparaissait pendant plusieurs jours, parfois plusieurs semaines. Il lui envoyait quelques lignes pour la prévenir de son retour, puis se pointait tel un chevalier servant et reprenait sa cour avec assiduité sans toutefois jamais tenter de passer à l'acte. Il se montrait charmant, troublant, mais finalement assez déconcertant.

Chapitre IX

*De la nécessité d'avoir
des chambranles de porte de qualité
pour résister à la violence du désir*

Ce soir-là, à peine débarqué d'on ne sait où, Thad se dirigea vers l'appartement de Pam, à La Motte-Picquet, en face du métro aérien. Sans réfléchir, sans prévenir, il gravit les six étages et sonna chez elle. Elle ne répondit pas tout de suite ; Thad se sentit désemparé, seul sur ce paillasson au milieu de la nuit. Il n'avait pas envisagé une seconde qu'elle puisse être absente, ailleurs, ou pire : dans d'autres bras. Quel con ! pensa-t-il sur le point de repartir quand il entendit la porte s'ouvrir dans son dos. Il se retourna et remonta les quelques marches qui le séparaient du palier. Pam s'avançait vers lui pieds nus, les cheveux détachés, sa veste de kimono à l'envers, l'air à la fois inquiet et intrigué. Arrivé à sa hauteur, Thad chercha désespérément quelque chose à dire pour expliquer sa présence à une heure aussi tardive, il parvint seulement à articuler :
— J'avais envie de te parler.

Elle posa sur lui ses grands yeux sombres et, de nouveau, il se sentit chavirer.

— À cette heure-ci ? demanda Pam d'une voix assourdie par le sommeil.

Soudain, il l'imagina étendue par terre, sa peau claire se détachant sur le parquet sombre tandis que les lueurs qui montaient de la rue joueraient dans ses cheveux. Le désir que lui inspira cette vision fut si violent qu'il dut s'appuyer sur le chambranle de la porte d'entrée. Elle le dévisagea un long moment, immobile en face de lui. Son kimono entrouvert révélait sa ligne de corps. Sa poitrine se soulevait et s'abaissait à un rythme qui trahissait son émotion.

— Veux-tu entrer ?
— Oui, répondit-il dans un souffle.

Elle le conduisit jusqu'à son lit défait et s'allongea sur le dos pour qu'il se pose tendrement, doucement sur sa peau nue. Elle voulait qu'il l'embrasse, qu'il laisse un peu de son odeur poivrée sur ses seins. Enfin, elle découvrait son corps mince, musculeux, qui semblait irrigué par du sang de félin. Elle se laissait explorer avec une souplesse animale, les muscles tendus, les articulations solides. Pourtant ses mains tremblaient quand elles effleurèrent ses seins. Il était impressionnant dans le désir qu'il avait d'elle.

Dans la pénombre, ses yeux noirs contemplaient son corps avec férocité, s'arrêtèrent sur le haut de ses cuisses, fixèrent un moment ses ongles de pied laqués rouge écarlate, revenant vers son ventre pour y enfouir son visage et respirer lentement ses parfums. Enfin leurs peaux se touchaient, tremblaient d'émotion. Il comprenait qu'en dépit de la lutte menée depuis des années, il avait échoué à empêcher ses fantômes de pénétrer son cœur. Il se redressa pour se donner un répit, éviter de se liquéfier ici et maintenant, et s'empara de l'un de ses pieds. Il l'embrassa avec dévotion, s'attardant longuement sur chacun de ses orteils puis remonta jusqu'au creux de son genou, s'arrêta un court instant, suivit la courbe intérieure de sa cuisse jusqu'à son ventre. Il aspirait sa peau comme si elle était son oxygène. Malgré tout, l'air dut lui manquer car il fut saisi de vertige et sombra entre ses cuisses. Alors, Pamela perdit la tête pour cet homme-là.

À partir de cette nuit-là, Thad et Pam ne se séparèrent plus sinon à contrecœur. Parfois il devait s'absenter, « pour le travail » disait-il, mais il s'arrangeait désormais pour partir moins souvent, moins longtemps.

Elle ignorait toujours ce qu'il faisait, où il partait et pourquoi mais ne cherchait pas à le savoir. Toutes ces questions étaient sans intérêt puisque les réponses n'avaient pas d'importance. Ses absences ne comptaient pas, seule lui importait sa présence et, lorsqu'il était là, son guerrier occupait tout l'espace. Près de lui, les secondes s'intensifiaient, le temps devenait plus précieux. Les soirs où il débarquait de nulle part, son minuscule appartement prenait des allures de tanière. On ne peut pas vraiment dire qu'il lui faisait l'amour au sens exquis du terme tel que le pratiquait le Dr Atsura : en prenant son temps, en maîtrisant ses pulsions, en les accompagnant jusqu'au moment exact où elles donnent le meilleur d'elles-mêmes. Non, Thad se jetait sur elle comme un mort de faim, avec voracité, émerveillé par sa souplesse consentante. Il faisait courir ses doigts sur la longue courbe blanche de ses hanches, attrapait la peau de son dos à pleine poignée comme s'il voulait la détacher de ses os et la dévorer.

Elle embrassait toutes ses cicatrices. De la plus visible à la plus infime et inversement. Chacune d'elles pouvait modifier sa trajectoire amoureuse, dévier le cours de ses baisers. Cette cartographie à corps ouvert la conduisait jusque dans les recoins les plus inhabituels de l'anatomie de Thad. Ce dernier se laissait faire, stupéfait de découvrir que le plaisir pouvait prendre le dessus sur la douleur ancienne et en chasser le souvenir.

— Toutes ces cicatrices... ? se hasarda-t-elle un jour.

Il répondit qu'il s'était beaucoup blessé dans l'enfance. Ce n'était vraiment pas de chance, d'avoir une peau aussi fragile qui marquait facilement. Pamela hocha la tête en silence, caressant du bout des doigts le fin bourrelet de chair rose vif le long de son flanc gauche, signe d'une cicatrisation récente.

Seules ses mains étaient intactes. Longues, fines, blanches et légèrement bleutées par ses veines apparentes qui semblaient prolonger ou commencer un tatouage étrange dont Thad refusait obstinément de parler.

Des mains de pianiste, pensa-t-elle. Des mains exceptionnellement belles et douées.

Chapitre X

*Comment Thad déploie une stratégie
vestimentaire pour s'installer
chez Pam sans en avoir l'air*

Il fallait se rendre à l'évidence ; petit à petit, Thad s'installait chez elle. Un soir, il oubliait son pull, un autre sa veste, celui d'après un pantalon. Cet homme était un véritable portemanteau monté sur pattes. Sous prétexte d'extrême frilosité, il arrivait avec des couches invraisemblables de vêtements sur lui qu'il avait tôt fait d'envoyer valdinguer pour se retrouver le plus vite possible nu contre le corps de Pam. Le lendemain, il repartait le cœur et le corps léger, débarrassé de son surplus vestimentaire. Il possédait des vêtements rigoureusement identiques. Un seul modèle de pantalon en toile noire, des T-shirts noirs et des pulls à encolure en V, noirs également. Chaussettes et caleçons suivaient la même logique. Un seul modèle, plusieurs exemplaires. N'importe quel autre être humain aurait été effrayé par ce vestiaire de maniaque. N'importe quel autre être humain, sauf Pamela, qui trouvait plutôt ingénieux ce système lui évitant de réfléchir à sa tenue. Et puis le noir lui allait bien. Elle ne s'étonna pas non plus de le voir chez elle un jour sur deux, puis tous les jours, ni qu'il lui demande un double de ses clés parce que « c'était plus pratique : ils n'avaient pas les mêmes horaires ». Tout semblait se dérouler naturellement, une heureuse évidence qui ne suscite aucun étonnement, aucune question.

Les choses se sont bien passées ainsi : Thad et Pam vivaient ensemble sans en avoir jamais évoqué l'éventualité, ni même formulé l'hypothèse. Il avait acheté une télévision. Pam n'en possédait pas et, sans elle, il ne se sentait pas en sécurité. Le soir, lovés sur le futon de toile grise, ils regardaient en boucle le DVD des *Sept Mercenaires*, Pam aimait beaucoup Yul Brynner, sans doute pour ses yeux bridés, et elle se mit à l'adorer quand Thad lui apprit que ce film était largement inspiré des *Sept Samouraïs*, une histoire japonaise.

Le moins que l'on puisse dire est que ces deux-là n'étaient pas embarrassés par un trop-plein de paroles. Ils appréciaient ce silence de bonne compagnie. Dans les relations les plus intimes, la parole n'est pas toujours nécessaire, la compréhension muette étant souvent le meilleur mode de communication. Pam et Thad y excellaient tous les deux. La geisha ne parle que lorsque son maître le lui demande, le cow-boy solitaire est, par nature, peu bavard.

Les soirs où ils sortaient, Thad s'arrangeait pour rentrer tôt afin de la surprendre à sa toilette. Il aimait être l'unique témoin de ces instants privilégiés où l'essence de sa beauté lumineuse jaillissait, révélée par l'art du maquillage traditionnel japonais. Soigneusement fardé, le visage devient une politesse. Pam trouvait réconfortante la contemplation d'elle-même dans le miroir et prenait un plaisir évident à voir son image se transformer. D'abord la poudre de riz qui recouvre le visage, le cou et les épaules d'un voile immaculé. Selon l'amplitude de son ouverture, le col laisse entrevoir un peu de peau. Les geishas la maquillent du blanc de l'absence mais laissent toujours des parcelles de chair nues pour l'érotiser. Le rouge à lèvres symbolise autant qu'il résume le plaisir de se maquiller. Pour Pam, cela commençait dans la rêverie qui accompagne le choix du rouge, dans le long apprentissage des subtilités entre ses différentes nuances. Vermeil, groseille, cardinal, incarnat, carmin, rubis, sang... Elle avait eu l'occasion de vérifier de nombreuses fois la prodigieuse efficacité du rouge et son érotisme maudit. Ensuite venaient l'interprétation et les conclusions faciles. Elle avait l'habitude.

Mais Thad était différent de tous les hommes qu'elle avait connus, il l'aimait de dos. Tous deux partageaient une réelle fascination pour les kimonos, vêtement sans autre attache que la ceinture. Il portait lui-même volontiers la veste bleu indigo des Kendoka. Ce qu'il préférait par-dessus tout, c'était anticiper leur retour, imaginer comment d'un seul mouvement de ses doigts (l'entraînement avec Mitsuko, sa jolie maîtresse japonaise, n'avait pas été vain), il dénouerait la cordelette maintenant l'obi fermé et remerciait en silence la geisha de Kyoto de lui avoir enseigné l'art exquis de nouer les cordes et défaire les nœuds. Il savait qu'en glissant à terre, l'obi libérerait le kimono. Le temps que les plis savants de l'étoffe aient réalisé que plus rien ne les retenait, passeraient quelques secondes insupportables, pendant lesquelles Thad se demanderait s'il avait réussi ou non. En se dépliant, le vêtement révélerait son ampleur, et son poids entraînerait irrésistiblement l'étoffe vers le sol. Alors Pamela serait nue devant lui.

Elle ne portait jamais rien sous son kimono.

La voir se préparer avec autant de lenteur et d'attention aux détails le rendait dingue car il évaluait, avec une douloureuse précision, le temps qui le séparait de sa nudité. Il endurait l'épreuve comme un exercice zen, de ceux qui forgent le caractère en obligeant à contrôler son corps. Thad s'appliquait à respirer lentement et à fixer un point à l'horizon, loin devant la nuque de Pam.

Pamela reposa le miroir, satisfaite de son reflet. Elle s'était travestie, s'était entièrement repensée, avait chassé le naturel qui ne lui allait pas. Elle était prête. Les Parisiens pouvaient parfois contempler ce spectacle unique : un samouraï à la démarche de John Wayne, les jambes arquées par un cheval imaginaire, les bras légèrement écartés le long du corps, les paumes ouvertes, prêt à dégainer, suivi d'une drôle de poupée nippone, perchée sur des socques de bois, entravée par un kimono compliqué, trois pas derrière lui. En parfait accord avec la tradition féodale japonaise de l'île de Kyushu qui prescrit la préséance de l'homme sur la femme.

*
* *

Les semaines filèrent puis les mois. Pam et Thad vivaient leur amour avec insouciance, un gage de bonheur assurément ! Le Dr Atsura, sensible au changement de sa protégée, se faisait discret. Elle lui avait dit pour l'installation de Thad chez elle, pour les clés. Après tout, Dr Atsura était son *dana*, c'est lui qui veillait à ce qu'elle ne manquât de rien, il était normal qu'il sache. Cette belle âme à la noblesse toute japonaise avait compris, et ne venait plus chez elle. Il se contentait de descendre plusieurs fois par semaine, pour prendre le thé dans la toute Petite Boutique et Pam retrouvait avec joie les gestes de cérémonie que Masako lui avait appris. De même, tous les mercredis après-midi sans exception, elle baissait le rideau de fer de la boutique de bonsaïs, franchissait la porte cochère attenante, entrait dans la cour, bâtiment A, montait au quatrième étage et sonnait chez les Atsura pour sa leçon de calligraphie avec Masako.

Quels que soient les changements notables que Thad avait provoqués dans sa vie bien rangée, habilement pliée comme un origami, elle n'aurait pour rien au monde renoncé à son rituel hebdomadaire.

Le salon lumineux des Atsura offrait un cadre parfait à la concentration nécessaire à la calligraphie. Sur l'ensemble des murs, peints à la main, se déroulaient des scènes de vie quotidienne au Japon, d'une grande poésie. Quand l'inspiration lui manquait, Pam suivait des yeux le chemin qui courait le long des cloisons, escaladait les moulures, se jouant des encorbellements fleuris qui descendaient du plafond. On y apercevait des piqueurs de riz, des porteuses d'eau, des soldats. Dans un torrent à flanc de montagne, près de la fenêtre, des enfants jouaient sous le regard de leurs mères occupées à tresser des feuilles de bambou. Au-dessus de la porte, dans un coin du ciel : un vol de canards sauvages. À chaque fois, Pam découvrait, émerveillée, un détail dans l'attitude d'un personnage, un reflet qui lui avait échappé, des animaux qu'elle avait pris pour des rochers. Tandis qu'elles peignaient à genoux l'une en face de l'autre, il arrivait souvent que Masako lui délivre des conseils de vie, sans en avoir l'air, au détour de tout à fait autre chose.

— L'esprit doit être pur et la pensée dégagée pour que surgisse l'harmonie entre la tête et la main qui tient le pinceau. Avant de poursuivre : Ton cœur est pur Pamela, ne le brade surtout pas. Tu ne pourrais jamais le récupérer dans le même état.

— Vous croyez à l'amour Masako-chan ? demanda Pam.

— Le Dr Atsura et moi-même, nous nous sommes mariés par *omiai*. Il s'agit d'un mariage arrangé par consentement mutuel. C'est très pratique quand on veut se rencontrer et fonder une famille. Nous n'avons eu qu'à nous féliciter de cet arrangement. Mais l'essentiel est d'avoir conscience que, quel que soit son âge, un homme est toujours un petit garçon. Même si tu te disputes avec lui, ne lui fais jamais perdre la face, ni dans l'intimité ni en public. Ne le mets jamais au pied du mur ou les pieds dans ses contradictions. Nul besoin d'être dépositaire d'un savoir-faire érotique, millénaire et secret pour vivre longtemps en harmonie avec un homme. Il suffit d'un peu de bon sens et de garder ces trois principes en tête, conclut Masako avec un petit rire de gorge absolument charmant.

— Mais l'amour…, insista Pam.

— Tout dépend de ce que tu appelles amour et de ce que tu en attends. Le monde est rempli de *kami*, d'esprits invisibles. Ils sont positifs ou négatifs, apportent protection ou danger selon leur nature, et influencent notre quotidien. L'amour n'échappe pas à leur loi.

En méditant cette dernière phrase, Pamela eut une pensée pour Sol, sa mère dont l'existence se déroulait à des années-lumière de ce que décrivait Mme Atsura. Ses héroïnes préférées passaient leur temps à se faire humilier par l'homme qu'elles aimaient puis à se venger de lui. Homme dont elle changeait toutes les cinq minutes, à raison d'un mariage tous les trois épisodes.

Dans la vraie vie, Sol était plutôt du genre aimable, effacée, mais Mich son père n'avait franchement rien d'un gentil petit garçon. Cela dit, Mme Atsura n'avait pas précisé « gentil ». Était-ce une curiosité de petit garçon qui l'avait poussé, ce soir-là, à regarder sous le kimono de sa fille ? Elle n'aimait pas y penser.

C'est vrai qu'il n'était pas rentré dans son état normal mais quand même, il était son père et il y a des choses que les pères ne font pas, des limites qu'il ne faut pas franchir. « Papa, avait-elle supplié d'une toute petite voix quand il s'était assis sur le bord de son lit, laisse-moi tranquille. » Elle revoyait les yeux de Mich posés sur elle tandis qu'elle répétait : « Papa, s'il te plaît, Papa. » Des yeux désirants, à la fixité dérangeante, qui cédèrent la place à un regard effaré par ce qu'il s'apprêtait à faire, comme si tout à coup, derrière le maquillage, l'accoutrement de geisha, il reconnaissait enfin sa propre fille. Il eut un mouvement de recul, retira sa main comme si elle brûlait, fixa à nouveau Pam, le kimono entrouvert, et sentit successivement l'effroi, la culpabilité puis la honte tomber sur ses épaules et lui écraser la poitrine.

— Pardon, pardon, hoqueta-t-il en s'enfuyant.

Ce jour-là, Pam sut que sa transformation était réussie. Une leçon cher payée.

Chapitre XI

Quand l'histoire prend un tour tragique que nous n'avions pas vu venir

Thad repartit en mission à l'étranger. Comme à son habitude, il ne lui dit pas où, il ne lui dit pas pourquoi. À son retour, il n'en parla pas, un point c'est tout. De son côté, Pam évitait toujours de l'interroger, appliquant l'un des secrets transmis par Masako pour garantir le *wa*, l'harmonie, au sein du couple. « Ne pose jamais de questions embarrassantes, ne demande jamais à ton compagnon d'où il vient, ni ce qu'il a fait. »

Cette fois-ci, c'était différent, elle percevait les efforts de Thad pour dissimuler son mal-être. Il devenait impatient, se montrait irritable, serrait les dents. Son silence était particulièrement pesant, un peu suffocant à vrai dire. Pam avait l'impression d'être ensevelie sous les sentiments de Thad, écrasée par les non-dits. Les jours suivants se traînèrent avec une lenteur de plomb, finissant tant bien que mal par former des semaines au terme desquelles Pam dut se rendre à l'évidence : Thad dépérissait. Lentement mais sûrement.

À chaque retour de voyage, dont le mystère semblait recéler une part de violence grandissante, il s'enfonçait d'avantage. Comme s'il rapportait, malgré lui, des fragments monstrueux de cet ailleurs qui ne se détaille pas.

Lui-même se rendait compte de cette noirceur qui lui collait à la peau et craignait qu'elle ne déteigne sur Pam. Il ne dormait plus chez elle tous les soirs et buvait davantage. Ce matin-là, après l'avoir longuement caressée avec une douceur à donner le vertige, il l'avait prise au dépourvu à son retour de la salle de bains.

— Je repars demain, avait-il dit.
— Tu viens à peine de rentrer, reste un peu...
— Il y a des opportunités qui ne se refusent pas.
— Quel genre d'opportunité as-tu accepté, cette fois ? laissa-t-elle échapper.

Thad tourna la tête vers Pamela qui se tenait derrière lui, le dos appuyé contre la porte de la salle de bains. C'était douloureux de la regarder mais il ne pouvait s'en empêcher.

— Pas trop sale, murmura-t-il.

Pam soupira, fit quelques pas dans sa direction puis s'immobilisa.

— Je ne crois pas que tu puisses continuer à partir et rentrer comme si de rien n'était.

Elle parlait doucement, sans formuler de reproches mais il ressentait l'arrière-goût de son amertume. Son regard, qui d'ordinaire reflétait le calme et la prudence, s'était chargé d'une animosité qui lui flanquait la trouille.

Thad demeura silencieux quelques instants, s'efforçant d'avoir l'air implacable, à la manière de Josh Randall, chasseur de primes quand il arrache l'affiche « *Mort ou vivant* » à l'entrée du saloon. Mais Pamela le regardait avec la tête de Sue Ellen face à J.R. Même Steve McQueen ne faisait pas le poids devant ces yeux-là.

*
* *

— Sors un peu, tu vas finir par prendre racine au milieu de tes bonsaïs.

Du pur Keiko Atsura. La fille de son *dana* excellait dans son rôle d'insupportable adolescente à peine pubère. Une performance qui, à vingt-trois ans passés, relevait de l'exploit. À force de minauderies, de larmes et d'éclats de rire, elle était capable d'user toutes les patiences en un rien de temps. Exactement comme le ferait une ado, mais avec ce supplément de maturité qui lui permettait de s'arrêter toujours à temps. Par égard vis-à-vis du Dr Atsura et de son épouse, Pam s'était elle aussi retenue de la gifler un nombre invraisemblable de fois. Car tous les talents de Keiko semblaient converger vers ce but unique : faire monter l'exaspération chez son interlocuteur jusqu'au point de rupture et là, juste au moment de s'en prendre une, elle faisait retomber la tension, laissant son adversaire K.O. debout, incapable de réagir, incapable de faire autre chose que de lui céder.

Keiko Atsura avait réussi à la convaincre de l'accompagner à une fête déguisée, de celles dont elle raffolait. Farouchement attachée à son allure de poupée manga, Keiko dépensait un budget considérable à se déjaponiser. Teinture de cheveux blond platine ou rose fluo, achat de lentilles de contact vertes ou bleues, séance de blanchiment en institut, atteignaient des sommes qui dépassaient l'entendement de Pam, elle qui aurait tout donné pour être un peu plus japonaise.

À l'intérieur du pavillon Dauphine, ancien pavillon de chasse en lisière du bois de Boulogne reconverti en lieu de fête, se pressait une foule déguisée, compacte à vous coller le vertige. L'alcool servi à volonté avait déjà fait du beau travail et la température atteignit rapidement les 40 °C. Dehors, dans les jardins, les fumeurs clopaient entre les gouttes. La pluie intermittente provoquait des mouvements de foule en va-et-vient continu. Les invités sortaient, poussés par leur envie de fumer ou refluaient à l'intérieur, repoussés par l'averse. Cette ondulation aléatoire et ininterrompue accentuait le malaise de Pam. Trop de monde, elle n'avait pas l'habitude. Soudain, il y eut ce type plus éméché que les autres, déguisé en flic de série américaine, casquette bleu marine, Ray-Ban, chemise d'uniforme grande ouverte sur un torse sculpté par des heures à soulever de la fonte. Il s'était approché d'elle à pas de loup, avait surgi dans son cou, un verre dans chaque main, et réclamé un contrôle d'identité... Comme beaucoup d'autres imbéciles qui avaient croisé sa route, il lui avait sorti son japonais de tortues ninja en lui fourrant un cocktail bleu piscine dans les mains. Jusque-là, rien de grave, si ce n'est que sa constitution délicate s'accommodait mal de l'haleine épouvantable du gars qui soufflait comme un buffle en rut dans son cou. Pam s'apprêtait à se dégager, elle avait l'habitude de susciter ce genre de réaction chez les cons et savait y faire, mais celui-ci essaya de lui embrasser l'oreille.

C'est ce moment précis que Thad, envolé depuis des semaines, choisit pour réapparaître. Jaillissant de nulle part, il sauta à la gorge du type dans l'idée précise de lui briser la carotide. Des bras s'interposèrent, puis des épaules. De toutes parts, on chercha à les séparer, ils gâchaient la fête. Suffoqué, le gars bredouilla de vagues excuses mais Thad n'entendait rien.

Pam posa sa main délicate sur son poignet, à la naissance de ses tatouages, pour l'empêcher de frapper à nouveau. Elle le suppliait des yeux, de la main, de tout son corps. Elle voulait qu'il s'arrête, elle venait d'entrevoir la violence et la haine dont il était capable et qu'il cachait tout au fond de lui. La mâchoire serrée, les yeux fixés ailleurs, Thad ne la regardait pas, il attendait ses ennemis, prêt à en découdre une bonne fois pour toutes. C'était un guerrier, il n'avait peur de rien, de personne. Il était capable de tuer, c'est ce que prouvait le tatouage sur son poignet. Qu'ils viennent, ils auraient affaire à lui. Il dégagea violemment la main de Pam et disparut dans la foule à nouveau indifférente.

*
* *

Prostré sur le trottoir où il avait passé la nuit, Thad était en proie à des sentiments contradictoires. Il n'avait pas eu de crises depuis presque deux ans. Il pensait que c'était derrière lui, qu'elles ne reviendraient plus le hanter selon un scénario malheureusement bien rodé : le jaillissement de la violence puis la honte qui l'obligeait à se retrancher dans son propre silence. Le genre de mutisme qui protège celui qui se tient à l'intérieur et blesse celui qui s'approche. Il tenait trop à Pam pour se supporter lui-même. Il constatait sa dépendance nouvelle vis-à-vis d'elle. Cette situation lui paraissait à la fois réconfortante – il était donc capable de sentiment – mais aussi terriblement angoissante. Il se sentait coincé, tiraillé entre le désir d'inspirer des sentiments profonds à un être humain – surtout quand il s'agissait de la plus exquise créature jamais rencontrée – et la terreur des responsabilités que suppose ce genre d'engagement.

— Je suis ivre, dit-il à l'adresse des pigeons... complètement pété.

Il voulut cracher sur son ombre naissante mais réussit seulement à la manquer de peu. Il s'éloigna lentement et alla se poster sur une colonne de Buren. Il tenta la position du penseur de Rodin, un grand classique pour évaluer l'équilibre quand on est bourré. Sans s'attarder sur le piètre résultat de son expérience, Thad s'assit plus confortablement, le dos calé par une demi-colonne et observa les gens traverser le jardin. Le jour se levait.

Tout d'abord se pointaient les hommes d'affaires. Emmitouflés dans leur pardessus gris, les yeux écarquillés par des litres de café avalés à la hâte. Ils se pressaient d'aller travailler parce que l'argent ne dort jamais. Il déménage pendant la nuit, s'évade, change de main, de pays, et ces petits messieurs inquiets courent vers lui chaque matin, leur angoisse serrée en bandoulière, ne sachant pas où le pognon a bien pu filer pendant cette courte durée. Ils savent par contre qu'il va leur falloir partir à sa recherche, remonter sa trace quelque part en Asie du Sud-Est, le pister à travers les dédales des filiales singapouriennes, et, quand ils auront fini par remettre la main dessus, ils devront le ramener à la maison mère, tel un fils turbulent qui se fait la belle toutes les nuits. Toutes les nuits sans exception.

Alors forcément, au petit matin, ils sont fatigués d'avance ces messieurs de la finance. Et quand ils traversent le jardin, certains ralentissent le pas, respirent un peu l'air frais plein de promesses un peu folles comme la possibilité de ne pas y aller du tout. Un instant l'idée semble les traverser : et s'ils laissaient tout ce pognon virtuel continuer sa course insensée sans eux ? S'ils passaient leur tour ? On n'y verrait que du feu... Et puis ils pensent traites de l'appartement, maison de campagne à rembourser, études des enfants qu'ils n'ont pas encore à financer... et ils repartent de plus belle avec la certitude de faire le bon choix.

Thad, ça le faisait quand même un peu marrer ces certitudes affichées dans le matin blême. Lui c'était le contraire : il ne savait plus rien.

Son estomac brûlait, sa tête lui faisait mal, un début de migraine vrillait son œil droit, ses épaules, sa nuque et son dos étaient douloureux.

Il avait envie de voir Pamela, de la voir maintenant, de monter chez elle, de se pendre à sa sonnette et de s'y cramponner jusqu'à ce qu'elle lui ouvre. Elle serait encore un peu chaude de sommeil, mais le temps qu'elle se lève, cherche son kimono à tâtons, son corps nu exposé au petit matin, sa peau se serait refroidie en surface. Mal réveillée, elle aura mis son vêtement à l'envers et les coutures lui caresseraient les seins dont la pointe se dresserait. Ses cheveux auraient repris leur pli naturel pendant la nuit et onduleraient légèrement. Plissant les yeux, il pouvait distinguer la touffe brune de son pubis se détacher sur sa peau blanche, il savait son odeur au réveil et voyait ses deux seins ronds et doux dont la pointe durcissait à présent sous ses doigts avides.

Alors évidemment, il finit par avoir une érection. Une érection telle qu'il se demanda comment cette partie de son corps pouvait s'affranchir aussi vite de sa gueule de bois. Il avait envie de pisser.

Si seulement il n'était pas aussi ivre. Il essaya de se lever, imagina son reflet dans les yeux bruns de Pam alors que les siens étaient embrumés par l'alcool et les doutes. Elle y verrait sa lâcheté, elle aurait raison. Elle pardonnerait, elle aurait tort.

Il n'avait plus le choix, il devait partir maintenant, trouver le moyen d'éradiquer toute violence en lui. Attendre qu'elle se rende à son travail, se faufiler dans l'appartement, prendre une douche – il puait tellement que sa propre odeur lui collait la nausée – attraper quelques affaires, son passeport, et filer.

Maintenant.

Le temps devait se douter de quelque chose et le ciel clair du petit matin laissa place aux nuages dont l'amoncellement eut tôt fait de charger l'atmosphère. La pluie ne se fit pas attendre et se déversa en trombes dans les rues. Rapidement, les trottoirs sales dégagèrent une odeur âcre de chien mouillé.

Pam était encore au lit, ses cheveux noirs formaient un éventail sur l'oreiller. Se fiant au vacarme de la pluie heurtant les toitures en zinc de l'avenue de La Motte-Picquet, elle avait jugé plus prudent de ne pas s'aventurer dehors. Thad se précipita directement sous la douche, comme il l'avait décidé. Il y resta plus d'une demi-heure, espérant le départ de Pam, redoutant la confrontation.

En la découvrant pelotonnée sous la couette, minuscule poupée perdue dans cette immensité duveteuse, il se sentit faiblir. Il était épuisé.

D'un gracieux mouvement des épaules, elle envoya valser l'édredon et l'invita à le rejoindre. Sans un mot de reproche, uniquement muée par le désir qu'elle avait de lui. Un désir authentique, sincère, un désir immense. Alors il la rejoignit, s'affalant de tout son poids comme on rend les armes, plaquant d'instinct le bas de son ventre contre l'arrondi de ses fesses, enfouissant sa tête dans la tiédeur rassurante de son cou, posant les lèvres sur le léger relief du grain de beauté qu'il aimait tant.

D'un mouvement souple, elle se jucha sur lui. Il retint son souffle, électrisé par cette nouvelle pression sur son corps.

— J'ai la trouille, avoua-t-il.

Elle sourit.

— Toi ? Tu n'as jamais peur de rien.

— Faux, tout me fait peur. Toi surtout.

— Moi ? répéta Pamela.

Glissant un doigt sur ses lèvres, elle lui adressa un sourire innocent en guise d'excuse.

— Oui, toi. Il lui caressa les hanches et remonta le long de son dos. J'ai peur de te décevoir.

— Impossible, décréta-t-elle en se penchant pour l'embrasser.

Le mouvement de son bassin lui arracha une grimace de plaisir. Il la souleva et l'enfonça de toutes ses forces sur lui. Sa jouissance fut au niveau de sa culpabilité : aiguë.

Ce fut leur dernière fois. Une dernière fois qui s'ignore. Une stupide dernière fois qui n'envisage même pas qu'elle soit la dernière.

Chapitre XII

*Où il est question
d'oiseau migrateur*

Son thé aux larmes bu jusqu'à l'écœurement, le visage ruiné par le chagrin, Pam restait immobile, prostrée sur sa chaise, tout au fond de la Petite Boutique. Elle se sentait incapable de former la moindre pensée, d'esquisser le plus petit geste. Ikebana, clients, bonsaïs... les mots les plus familiers paraissaient vidés de leur sens. Exactement comme lorsqu'elle s'amusait, enfant, à les prononcer à voix haute, prenant soin de bien articuler, vingt fois de suite. Elle choisissait des mots compliqués, des mots vulgaires, des mots qui font un peu peur. À force de répétition, n'importe quel mot s'affranchit de sa représentation, perd sa signification, semble absurde puis carrément étrange et, pour finir, ce mot n'est plus qu'un son, une simple onomatopée qui ne veut plus rien dire. Ikebana, clients, bonsaïs, Thad.

Thad, Thad, Thad, Thad, Thad, Thad, Thad, Thad, Thad

Son esprit se heurtait toujours à ces quatre lettres, avec la régularité d'un métronome. Il faisait des détours mais revenait s'y poser tel le goéland sur son bout de rocher au milieu de l'océan. Sauf que la nature sédentaire de Pam n'avait rien à voir avec celle du goéland qui ne peut échapper à son destin d'oiseau migrateur. Il y va de sa survie et il peut alors voler des kilomètres au-dessus de la mer, soutenu dans l'effort par le souvenir du rocher salvateur qui l'attend quelque part. Mais si, par un incroyable manque de bol, une secousse passée totalement inaperçue provoque la disparition dudit rocher, le goéland se retrouve pris au piège. Il continue de voler, fidèle à sa nature, jusqu'à épuisement, et finit par se noyer.

Ce matin-là, ces quelques mots, tracés à l'encre de Chine, venaient de fracasser son rocher à elle, le faisant disparaître aussi sûrement que le *Manureva*.

Je pars, pardon.

Des mots incompréhensibles. « Je pars ». Mais je pars où ? Je pars quand ? Pour combien de temps ? Pour toujours ? Non, ça ne pouvait pas être cela. C'était bien trop affreux. « Pardon. » Mais pardon de quoi ? Pardon d'être parti sans rien dire ? Pardon de ne jamais revenir ? Pardon pour ce qui pourrait advenir ?

Pas de réponse. Rien d'autre que ces mots approximatifs qui résonnaient dans sa tête de façon douloureuse, définitive.

La nuit était presque tombée quand Pam finit par se lever. Elle enfila très lentement son manteau par-dessus sa veste de kimono maculée de taches multicolores laissées par des coulures de maquillage séché, et adressa un regard triste au vénérable Gaozong. Celui-ci eut l'intuition de la tempête intérieure qu'affrontait la courageuse petite geisha et tressaillit de toutes ses feuilles pour lui signifier son soutien. Pam jeta un dernier coup d'œil à la petite boutique, ouvrit un tiroir, en extirpa une pancarte calligraphiée par ses soins et tira le rideau de fer derrière elle.

Sur la porte, les passants de la rive gauche purent lire :

Fermeture exceptionnelle.

Les semaines s'étaient écoulées et Pamela n'avait pas remis les pieds dans la petite boutique. Allongée sur son lit, les paupières closes, elle s'efforçait de ne pas penser à Thad ni à la douleur aiguë qui lui écrasait le cœur. Son absence lui donnait mal au ventre et au crâne, comme après un jeûne prolongé.

On ne pouvait pas agir comme ça : disparaître sans aucune explication. Ces quelques mots griffonnés : « Je pars, pardon », c'était comme donner quelque chose et partir en courant. Au moins, les arbres restaient sur l'étagère. Il faudrait absolument passer à la toute petite boutique, arroser les bonsaïs un par un, les nettoyer, couper leurs minuscules branches.

Ils comptaient sur elle, surtout le Vénérable. Il faudrait appeler Mme Pichon, la gardienne du quai Voltaire, pour lui dire, lui expliquer, que ce n'était pas sa faute, qu'elle était terrassée par un immense, un monstrueux chagrin d'amour dont elle n'arrivait pas à se relever. Elle avait besoin de temps pour réfléchir, pour comprendre. Les choses s'étaient déroulées trop précipitamment. Un homme ne devrait pas être autorisé à quitter une femme ainsi. Il fallait des étapes.

Pourquoi Thad était-il parti ? Pourquoi l'avait-il quittée ?

L'abandon est un assassinat à durée indéterminée et même si son auteur avait pris la fuite, elle était fermement décidée à le retrouver. Au moins pour entendre ce qu'il avait à lui dire, écouter sans juger. Elle se réservait même la possibilité d'être magnanime et de pardonner. La compassion c'était son truc depuis toujours, le bonsaï du quai Voltaire en savait quelque chose, elle n'aurait pas à forcer sa nature. Malgré tout, elle s'en voulait. Ces derniers temps, elle avait laissé Thad seul avec ses démons, elle l'avait en quelque sorte laissé filer. Mais qu'aurait-elle pu faire ? L'avait-il seulement aimée ?

Du bout des doigts, elle caressait l'ombre de son souvenir, en épousait les contours puis laissait sa main retomber, lourde, inconsolable, comme tout le reste de son corps. Combien de temps réussirait-elle à retenir les quelques traces qui subsistaient de lui, son parfum poivré qui imprégnait encore le fauteuil et les draps. Que fallait-il appeler de ses vœux : un signe de vie ou l'amnésie ? Combien de temps pour que ce nom prononcé tout bas passe comme un souffle sans rien abîmer ? Combien de jours jusqu'à l'oubli ?

*
* *

Ses nuits étaient devenues plus terrifiantes que ses jours. Pelotonnée sous les couvertures, son angoisse bien au creux du ventre, elle assistait impuissante au lent défilé des minutes qui remplissent les heures noires de la nuit. Malgré l'absence de recul qui nuit gravement à la pensée, tout lui semblait être passé beaucoup trop vite. Et d'un coup, quelqu'un s'était amusé à mettre son existence sur pause. Voilà bien le genre de mauvais tour que le temps peut jouer : la nuit il se traîne avec une lenteur aussi insupportable que la distance qui sépare le lundi matin du week-end, la rentrée des grandes vacances, un temps long, infini, presque suspendu. Et pourtant, il nous donne chaque fois après coup le sentiment que la semaine a filé sans que l'on s'en aperçoive, que l'été est déjà loin.

Le temps d'y penser et l'enfance s'est fait la malle. Vous tentez de traverser l'adolescence en dehors des clous tout en respectant les feux ; et vous voilà serveuse au Yakitori.

Une rencontre avec un concessionnaire Japauto plus tard et vous vous retrouvez à toiletter des bonsaïs sur la rive gauche, déguisée en geisha, encore pleine d'espoirs et de doutes.

Dringgg... le carillon de la boutique retentit, un homme beau comme votre rêve entre et vous électrise.

Pchssssit... vingt-quatre mois ont filé et soudainement, brutalement, sans signe avant-coureur, un homme de trente ans s'est fait la malle.

La peine empruntait les voies principales de ses artères, les routes secondaires de ses vaisseaux sanguins, les chemins communaux de ses capillaires afin d'atteindre tous les organes : les nobles, les vitaux mais également les petits, les discrets. Aucune partie de son corps n'était épargnée. Penser, respirer, bouger la faisait souffrir. Le chagrin à l'état pur. Les premières lueurs du matin filtraient à travers les volets, se frayant un passage dans l'obscurité de sa chambre et abattaient l'une après l'autre les digues d'angoisse érigées pendant la nuit. Puis, selon un rituel bien rodé, l'aube cédait sa place sous la pression du jour.

Un matin clair, lumineux comme une provocation, léger comme une promesse. « Pourquoi faire ? », pensa Pam recroquevillée sur elle-même, soulagée néanmoins par l'apparition de la lumière qui, à coups de rayons pointus, pulvérisait en partie ses démons comme d'autres terrassent les dragons.

Chapitre XIII

La maladie d'amour est-elle soluble dans les décoctions japonaises ?

— Laisse cette souffrance, tu dois recommencer à vivre. Thad n'était qu'une saison de ta vie. Une saison sèche et décevante. Tu es bien jeune, il y a tant d'autres choses que tu ignores et qu'il te faut éprouver, permets à ton cœur de refleurir, murmurait le Dr Atsura à son oreille, inquiet de voir sa protégée dépérir un peu plus chaque jour.

D'ordinaire, Pamela trouvait exquises les métaphores poétiques du Dr Atsura qui lui apprenaient à voir la vie du bon côté, du côté japonais. Mais elle n'aimait pas qu'il critique les travers de Thad, fût-ce avec des fleurs.

Elle aimait tout de Thad, même ses laideurs, ses irrégularités. Ses défauts, ses faiblesses étaient autant de particularités qui n'appartenaient qu'à elle. Il ne fallait pas y toucher, sinon elle deviendrait méchante. Elle avait envie de protester, de le défendre – il y avait sûrement une explication – malheureusement il ne lui avait rien laissé, ni le beau ni le peu glorieux, rien. À peine quelques vêtements noirs, identiques les uns aux autres, au fond d'un tiroir.

Dès qu'elle le pouvait, Masako relayait son époux au chevet de Pam. À chacune de ses visites, elle constatait avec effroi les effets de l'insomnie combinée au chagrin. Le résultat faisait peine à voir.

— Il faut que tu dormes. Si tu ne vois pas d'inconvénients à ce que je me mêle de ce qui ne me regarde pas, je te conseille vivement de prendre ceci le soir avant de te coucher.

Masako sortit de sa poche une petite bourse de soie bleu marine, brodée de fines perles argentées, qu'elle posa sur la table de chevet.

— Dès qu'il fera nuit, tu verseras trois pincées de cette poudre dans un verre d'eau tiède.

— Qu'est-ce que c'est Masako-chan ? demanda Pam en essayant tant bien que mal de se redresser pour honorer sa visiteuse.

— Des herbes médicinales. Je les ai fait venir spécialement pour toi de la préfecture de Takamatsu dans le Shikoku. On y trouve des plantes qui n'existent nulle part ailleurs au Japon. Tu n'oublieras pas, n'est-ce pas ? Trois pincées dans un verre d'eau tiède dès que tu t'aperçois qu'il fait nuit.

Pam laissa délicatement retomber sa tête sur l'oreiller, ses cheveux noirs, de moins en moins lisses, se déployèrent sur le tissu blanc. Elle se sentait affreusement embarrassée par toute la sollicitude dont elle était l'objet.

L'après-midi même, elle suivit la prescription de Masako. La mixture était tout simplement infecte et laissait dans la bouche un goût tenace, à la fois fumé, amer et terreux. Elle avait l'impression d'avaler du jus de bois humide, pourri et calciné et dût lutter plusieurs minutes contre une violente envie de vomir. L'abominable élixir se fraya un chemin à travers ses entrailles et entreprit de coloniser son estomac. Celui-ci, au régime sec depuis des jours – parce que le malheur, en plus de briser le cœur, éteint la faim – émit des gargouillis d'une sonorité effrayante en mode *Symphonie du Nouveau Monde.*

Concentrée sur ses sensations abdominales, Pam se tordait de douleur. Une douleur d'un genre nouveau qui avait au moins l'avantage de la distraire de son mal. Son estomac, rempli à ras bord de phytofiel nippon – il y aurait beaucoup à dire quand à ses modalités d'importation mais ce n'est pas le moment – envoya des messages cryptés à son cerveau qui eurent pour effet quasi immédiat de la plonger dans un sommeil profond.

Après vingt-quatre heures de ce coma organisé, Pam goûta à nouveau le plaisir de l'éveil : ces quelques minutes d'agréable confusion durant lesquelles on ne sait plus très bien où l'on est, ni ce qui se passe. Elle regarda doucement autour d'elle, posant sur les objets de sa chambre un regard neuf, plein d'espoir. Puis d'un coup la mémoire lui revint, précise, impitoyable, et avec elle la douleur. C'est le moment que choisit Keiko pour débarquer. « Elle vient m'achever », espéra Pamela avec une certaine forme de reconnaissance. La petite geisha de la rive gauche savait bien que la position singulière qu'elle occupait au sein de sa famille rendait Keiko malade de jalousie. Et de fait, elle devenait complètement dingue en imaginant la nature du lien qui unissait son père à cette banlieusarde déguisée. Le tout avec la bénédiction de sa propre mère qui, Keiko s'en était rendu compte avec stupeur et tout le tremblement, allouait un budget à la jeune maîtresse de son honorable époux. Même si elle en ignorait le montant, ce qui était préférable, la simple évocation de ce budget-secret-de-polichinelle déclenchait chez elle une rage proche du tsunami. Ceci étant, l'état de Pam était si pitoyable que même Keiko se sentait obligée de faire quelque chose. D'une certaine façon, Pam faisait partie de sa famille, une valeur fondamentale, intrinsèque à sa culture.

Elle passait donc de longs moments dans l'appartement de La Motte-Picquet, tripotant chacun des objets précieux, un peu vieillots à son goût, mais assez jolis, qui s'y trouvaient. Elle s'amusait avec l'éventail en ivoire ajouré, posé sur le *kendaï*, un petit escalier de trois marches qui sert à la fois de rangement, de décoration et éventuellement d'escabeau. Pam, le nez collé à la fenêtre, regardait obstinément dehors sans parler ni bouger. « Comme si son Thad allait se poser sur le balcon », pensa Keiko. Si elle prend les hommes pour des pigeons voyageurs, elle se goure drôlement. Avec un peu de chance, s'il est du genre oiseau migrateur, il reviendra vers elle dans un an ou deux. Pour Keiko, l'association des mots « chagrin » et « amour » relevait d'une erreur de syntaxe, d'une incohérence grammaticale. Elle ne comprenait tout simplement pas comment il était possible de se mettre dans un état pareil pour un homme qui, de surcroît, avait fichu le camp. Et comme elle commençait sérieusement à s'ennuyer, elle chercha un moyen de sortir Pam de sa léthargie.

— Je peux essayer tes kimonos ?

— Je t'en prie, répondit Pamela d'une voix faible. Elle se tenait immobile, la joue au creux de la main, le coude posé sur l'accoudoir du fauteuil qu'elle ne quittait plus. De temps à autre, son menton changeait de position et elle modifiait légèrement l'angle de sa tête pour déloger la raideur dans sa nuque.

Keiko sortit tous les kimonos du coffre en bois où ils étaient soigneusement rangés et les essaya les uns après les autres en faisant de nombreuses grimaces pour l'amuser. Elle essaya également les *okobos*, ces drôles de chaussures traditionnelles en bois et improvisa un défilé dans le tout petit salon.

Alors, comme si ce boucan avait enfin trouvé le chemin de ses oreilles, Pam détacha son regard de la fenêtre et observa la jeune fille, fascinée par le naturel avec lequel elle enfilait les différentes couches de vêtements, dans le bon ordre, sans jamais se tromper.

— Regarde-moi, je marche les pieds en dedans, c'est *uchimata*. Ça veut dire puéril. Les hommes de mon pays n'y résistent pas. Sinon tu peux aussi essayer comme ça.

Elle s'agenouilla par terre, les genoux écartés, laissant apercevoir sa culotte blanche. Pamela pensa aux illustrations de *Martine à l'école* et admira ce parfait dosage d'exhibitionnisme et d'innocence.

Elle avait beau ressembler à un personnage de manga, avec ses cheveux jaune paille, son vernis à ongle vert fluo et ses piercings dans les sourcils, Keiko possédait naturellement cette grâce particulière des jeunes Japonaises.

— Tu es magnifique, murmura Pamela.

Après le départ de Keiko, Pam se rappela les paroles du Dr Atsura. Son *dana* avait raison, elle devait s'efforcer de penser à des choses agréables. Elle essaya de remonter le plus loin possible dans ses souvenirs pour ramener à la surface ceux qu'elle aimait le plus : les aventures de Yoko Tsuno, celles de Sayuri, la petite geisha aux yeux bleus dont Arthur Golden avait écrit les Mémoires. Elle pensa à ses compositions d'Ikebana, à la taille des bonsaïs, à la saveur amère du Sakura, celui de la récolte de printemps, son préféré. Peu à peu, tel un reflux qu'on espère et qui finit par arriver, la douleur céda du terrain, relâchant un peu sa pression autour de son estomac et de sa poitrine. Une seconde vague de retrait eut lieu quelques jours plus tard en milieu de soirée. Libérant progressivement ses mains, ses pieds, ses jambes puis ses bras, elle lui permit une respiration moins douloureuse.

Ce jour-là, Pam sentit qu'elle voulait vivre. Ce jour-là, bien que trop faible pour se lever tout à fait, elle réclama une tasse de thé.

*
* *

Vaillamment, la petite geisha de Melun reprit le cours de sa vie là où elle l'avait laissé. Elle se levait de nouveau. Sans plaisir, mais au moins était-elle debout.

Elle s'appliquait dans ses rituels quotidiens jusqu'à l'obsession et s'en inventait d'autres. Toujours plus longs, toujours plus compliqués. Son maquillage s'en trouva modifié, moins lumineux, moins solaire. La couche de fond de teint cachait sa détresse, ses yeux cerclés de noir, à force d'insomnie, disparaissaient sous l'anticerne, son rouge à lèvres sombre soulignait son courage et anéantissait toute séduction. En se maquillant ainsi, Pam remettait de l'ordre dans son existence, luttait contre la divagation du chagrin, c'était sa façon de triompher du chaos.

Chapitre XIV

*Où l'on cherche un rapport
entre le départ de Thad et la vie
du samouraï Miyamoto Musashi*

La lettre était là, glissée sous la porte.
Élégante comme un faire-part de mariage, la belle enveloppe en vélin grège n'était pas cachetée. Dessus, un seul mot, son nom à elle : Pamela. Le trait était net, l'écriture assurée même si la main avait tremblé sur la fin. Une légère brisure dans le A final, une hésitation à peine visible.
À l'intérieur, plié en deux, un feuillet de la même qualité que l'enveloppe, seul le grammage paraissait différent. Plus léger. La trame était visible. Pam caressa la feuille du bout des doigts, douce comme une étoffe. C'était un papier de grande qualité, elle y était sensible depuis qu'elle s'était essayée aux origamis. Elle pensa au Dr Atsura. Ce ne pouvait être que lui. Pas de timbre ni d'adresse, juste son nom. Ces derniers temps, il avait fait de louables et constants efforts pour la consoler

et la détourner de son chagrin. Pas une fois il n'avait profité de sa faiblesse pour revenir vers elle, comme avant. Quand elle reprit ses habitudes, il n'avait pas non plus cherché à lui rappeler qu'il faisait partie de cet avant.

Il l'aimait, elle le savait. À la japonaise, mais il l'aimait. Elle aussi avait profondément aimé cette histoire bancale. Il était son mentor, son *dana*, son alibi, celui qui permettait de ne pas prendre en compte les autres hommes, jusqu'à Thad.

Pam savait qu'elle lui manquait et qu'il n'attendait qu'un signe de sa part pour reprendre sa place dans son lit. Elle ne pourrait pas rester éternellement dans cette posture de femme de marin. Il fallait donc répondre à sa lettre, car c'était lui, sans nul doute. Elle lui ouvrirait ses bras et le reste. Voilà, c'était décidé, ce soir, elle l'inviterait à prendre le thé dans son petit appartement. Il comprendrait.

Elle déplia la lettre. À mesure que ses yeux déchiffraient les quelques lignes, la pièce se mit à tourner autour d'elle.

Je suis parti pour un long et difficile voyage. Comment un homme peut-il maîtriser la Voie du samouraï avec une femme à sa remorque ?

En attendant que je trouve qui je suis et que je me fasse mon propre prénom, prends bien soin de toi.

Reste comme tu es, si pure, si juste, pour me servir d'exemple.

Thad

Un couteau bien aiguisé venait de rouvrir une blessure récente.

*
* *

Pamela n'avait jamais su rompre. Ni avec son passé, ni avec quiconque. Elle avançait en portant ses amarres. Il y a quelque chose de tragique, de définitif dans les ruptures et Pam n'aimait rien moins que le définitif. Ce sont les autres qui rompaient et s'éloignaient d'elle.

D'abord il y avait eu la rupture avec Yvon. Pour de mauvaises raisons, sans doute un défaut dans leur communication. Puis ses parents qui l'avaient regardée s'éloigner (en réalité elle ne faisait qu'avancer), sans tenter le moindre mouvement pour l'accompagner, faire un bout de chemin avec elle. Et maintenant cette lettre-là qui, bien qu'étrangement rédigée, était de toute évidence une lettre de rupture. Celle d'un homme parti depuis des mois et qui semblait pourtant être toujours dans les parages. C'est bien ce qu'indiquait une enveloppe non timbrée, glissée sous une porte n'est-ce pas ? Avait-il rôdé autour de chez elle depuis sa disparition ? Allait-il surgir à nouveau pour frapper ceux qui la menaceraient, ou était-il parti pour de bon cette fois ? Pamela n'aimait pas la clôture des possibles. Pourtant, elle devait se l'avouer, cette lettre disait à la fois la présence tapie dans l'ombre puis le départ et enfin la rupture longue distance, définitive.

Le soir même, le Dr Atsura comprit que quelque chose était arrivé. Sans un mot, la tête baissée pour éviter son regard, Pam lui tendit la lettre de Thad. « L'homme a des références étonnantes », pensa le Dr Atsura qui avait reconnu la prose du samouraï Miyamoto Musashi quand il plante la belle et innocente Otsù sur le pont où il lui a donné rendez-vous. C'était donc cela l'explication ? Sa romanesque et délicieuse petite geisha s'était éprise d'un Breton persuadé que seule la Voie du samouraï donnerait du sens à son existence ! Les *kamis* jouent souvent de drôles de tours aux humains, mais de là à s'emparer du cœur de ces deux *gaijins*, provoquer leur rencontre, les foudroyer d'amour puis les séparer brutalement... Les esprits devaient drôlement s'ennuyer dans l'archipel pour se délocaliser de la sorte et semer la zizanie sur la rive gauche du fleuve parisien.

— Si tu veux comprendre Thad, tu dois lire un livre que je t'apporterai demain, dit-il.

Pamela plongea en apnée dans *La Pierre et le Sabre*. À la fin de sa lecture, la vie mouvementée de Miyamoto Musashi n'avait plus de secrets pour elle. Il y était question d'un samouraï qui utilisait deux sabres au lieu d'un. Une particularité dont l'importance lui échappa en partie. Au terme d'une existence tourmentée, il écrivit un ouvrage très célèbre sur l'escrime. Une sorte de manuel guerrier au sens... spirituel du terme.

— Mais quel rapport avec le départ de Thad ? demanda-t-elle au Dr Atsura.

— Le problème du samouraï (ou de celui qui s'imagine comme tel... mais il garda cette précision pour lui) est qu'il est tellement occupé à penser à son honneur et au code guerrier qu'il ne peut jamais se détendre, ni jouir de la vie, ou rester auprès d'une femme. Ce livre explique comment accéder à la maîtrise de soi en suivant une très austère discipline.

Pamela soupira :

— Je n'aurai donc pas la réponse... je ne saurai jamais pourquoi il est parti ni ce que j'ai fait de mal pour qu'il me quitte ainsi.

— Tu devrais cesser de chercher les raisons des choses, arrêter de spéculer sur ce que tu ignores. Si tu oubliais les pourquoi, tu pourrais te laisser guider par l'intuition.

Cela l'agaçait toujours un peu quand le Dr Atsura lui parlait comme à une petite fille, mais elle sentait la bienveillance de ses propos, même si leur sens lui échappait. Et finalement, peut-être lui donnait-il la vraie réponse : laisser libre cours à son instinct, son intuition, pour trouver le sens derrière le sens, le *honne* ; ce qui est derrière et qui se lit à travers le *tatamae* : la façade. Elle sentait qu'elle progressait mais ne comprenait toujours pas le lien entre Thad et Musashi. Surtout, elle ne pigeait pas cette histoire de remorque qui empêche d'avancer. La lourdeur de la métaphore lui échappait et Atsura s'était bien gardée de lui expliquer qu'elle tenait le rôle de ladite remorque... C'est bien ma chance qu'il ait pris ce fichu samouraï pour modèle, se désolait-elle. La lâcheté était en effet la même, le style identique.

Bientôt, une curieuse pensée lui traversa l'esprit et s'y attarda. Si Thad avait suivi l'exemple de Musashi, alors son départ devenait une sorte de sacrifice consenti par amour pour elle. Dans ce cas, devait-elle à son tour s'inspirer de l'exemple de la belle Otsù et partir à sa recherche ?

Et tout à coup, l'évidence. Sous ses yeux depuis le début : Thad était parti au Japon. Tout en la quittant, il lui demandait de venir le chercher. C'est pourquoi il avait laissé un indice, certain qu'elle saurait le déchiffrer. Il n'avait pas eu tort.

Quel soulagement que d'entrevoir enfin le début d'une explication. Elle avait la sensation de se débarrasser du symptôme le plus douloureux d'une longue et grave maladie, de faire le premier pas vers la guérison. Pam connut alors cette extase que procure une explication lumineuse. Elle laissa avec bonheur ses pensées se rouler dans cette hypothèse. Son esprit, enfin délivré de l'épuisant besoin de comprendre, prit appui sur cette certitude minuscule et se reconfigura instantanément. Elle venait de trouver son rocher providentiel et pouvait enfin se reposer... pour mieux repartir.

Seulement, par où commencer ? Si de Melun-Sénart à la rive gauche, le chemin intérieur parcouru se révélait immense, la distance réelle, en revanche, était parfaitement ridicule. Alors se rendre au Japon... Elle avait besoin d'aide !

Mais Pam était vaillante et elle se découvrit une énergie insoupçonnée au fur et à mesure que le schéma se mettait en place dans sa tête. Il lui manquait néanmoins une chose importante, du genre compliqué à trouver : le coup de pouce du destin, le fameux être providentiel censé la conforter dans ses choix.

Elle passa rapidement en revue la farandole de ses amants, réalisa à cette occasion qu'elle avait la plus grande difficulté à se les remémorer depuis que son samouraï breton était entré dans sa vie. Dans quelle amnésie profonde Thad les avait-il tous noyés ? Elle se tordait les mains pour mieux réfléchir, quand soudain jaillit de nulle part un nom dont l'évidence la fit sourire : Yvon.

Chapitre XV

Où l'on est amené à se poser sérieusement cette question : un passe Navigo est-il suffisant pour se rendre au Japon ?

Elle lui avait donné rendez-vous dans un bistrot des Halles où ils aimaient dîner à l'époque où ils étaient ensemble, quand monter à Paris le samedi soir était une fête autant qu'une expédition. Pam avait un peu honte du manque de subtilité de son choix mais elle avait besoin des conseils d'Yvon et aucun moyen n'était à négliger. Elle était arrivée en avance pour ne pas risquer de le rater et s'était installée au fond, face à la salle, de manière à garder la porte dans son champ de vision tout en surveillant la rue. Elle avait commandé une pleine théière de thé vert, récolte de printemps, et tournait très lentement sa petite cuillère dans la tasse pour dissiper sa nervosité. Et si Yvon lui faisait faux bond ? Après toutes ces années de silence...

Elle avait appris son mariage avec Patricia, ce qui lui avait fait un peu de peine. Patricia était la chef de file des plus garces du lycée et avait activement contribué à l'isoler. Pam savait qu'elle lui devait son surnom de « maki-niakoué ». Tout le monde connaissait leur rivalité, du niveau *Dallas* ou *Dynastie*. Féroce !

Pat racontait partout que les geishas étaient des putes d'importation japonaise et Yvon avait dû se battre plus d'une fois pour défendre son honneur. Patricia n'était pas seulement bête et méchante – on peut pardonner la bêtise et s'affranchir de la méchanceté – elle était aussi jalouse. Un sentiment très moche et peu honorable contre lequel il n'y a rien à faire. Ce qu'elle voulait depuis le lycée, c'était Yvon, elle avait fini par l'avoir ! Dans la foulée, elle avait eu des jumeaux. « Yvon est totalement métamorphosé par sa double paternité », lui avait affirmé sa mère avec, Pam l'aurait juré, une pointe de regret dans la voix.

Comment s'appelaient-ils déjà ?

Il y avait urgence à s'en rappeler, Yvon n'allait plus tarder maintenant. Pamela se resservit une deuxième tasse de thé fumant, ferma les yeux et laissa couler l'amertume. Elle n'aimait pas penser à Melun-Sénart et gardait une rancœur subtile à sa vie d'avant. Elle était ancrée rive gauche depuis longtemps maintenant. Sauf que là, elle avait besoin d'Yvon pour mener à bien son projet. Lui seul saurait trouver les arguments pour l'empêcher de partir. Il était indispensable de tester la solidité de sa détermination avant de se lancer. Que ça lui plaise ou non, la conversation ferait un détour par Melun et s'arrêterait sur les jumeaux. Comment s'appelaient-ils bon sang ? !

Il franchit le seuil tout essoufflé. Elle l'avait vu arriver de loin, se hâter vers le restaurant, ralentir puis s'arrêter quelques instants, rectifier son allure devant la vitrine de la boutique d'à côté. Il avait l'air ému, moyennement à l'aise à vrai dire. Mais il était venu et se tenait maintenant debout devant elle.

— Hello !

Il détachait bien les syllabes, s'accrochant à la dernière pour la faire durer le plus possible car après, il le savait, il faudrait trouver autre chose à dire.

— Assieds-toi, je t'en prie. Une tasse de thé ?

Elle ne changeait pas, se dit Yvon qui commanda une bière. Elle lui faisait toujours penser à cette femme lascive qui plongeait dans son bain de mousse en regardant le mont Fuji par-delà le paravent. Cette simple évocation le fit rougir, il avala une gorgée de bière pour s'obliger à respirer normalement. Pamela ne semblait rien remarquer.

— Comment vont les jumeaux ?

— Très bien. Hector fait du vélo sans petites roues. Victor pas encore. Ça l'énerve de voir son frère y arriver avant lui, d'autant que, techniquement, il est l'aîné. Tu savais que chez les jumeaux celui qui naît en second est en réalité l'aîné ?

Hector et Victor ! Voilà pourquoi elle n'avait pas retenu leurs noms. Comment peut-on raisonnablement appeler des jumeaux Hector et Victor ? Pam se disait que si Yvon avait été plus couillu après son coup double, il aurait dû y aller carrément et appeler ses fils Heckel et Jeckel. Mais il n'avait sans doute pas eu voix au chapitre.

— Comment va Patricia ? demanda-t-elle poliment.

— Pat va bien, répondit Yvon. Elle t'embrasse.

Mauvais menteur, pensa Pam, elle ne m'embrasse pas, elle ne sait même pas que tu es là.

Yvon se tortillait sur sa chaise et matait Pam à la dérobée. Même si leur histoire avait toujours été vouée à l'échec, et même si c'est lui qui y avait mis un terme, il devait admettre que son existence était moins drôle depuis qu'elle était sortie de sa vie.

Elle était irréelle de beauté, peut-être même plus qu'avant. Et ce regard triste qui lui donnait envie de la consoler... D'accord, elle était un peu barrée avec ses lubies asiatiques mais elle était toujours aussi excitante. Il se rappelait avec précision sa disponibilité toujours consentante et ses jambes du bonheur. Quelle fille unique !

— Je suis vraiment content de te revoir, que puis-je faire pour toi ?

La probabilité qu'elle veuille remettre ça était très mince mais Yvon savait qu'il n'avait pas fini de se traiter de con s'il ne tentait pas sa chance.

— Il faut que tu m'aides. Mon amoureux est parti. Il est quelque part au Japon et je dois... il faut que je parte à sa recherche.

— Ton connard laqué t'a quitté ?

Pam retint un triste sourire. Yvon avait toujours eu le don des expressions imagées.

— Tu connais le proverbe, un de perdu...

Le regard de Pam lui souffla de ne pas continuer. Changeant de ton, il reprit avec plus de douceur.

— Tu n'aurais pas dû quitter Melun pour t'installer à Paris, c'est trop loin, trop différent. Tu ne peux pas continuer à vendre des petits buissons dans une boutique déserte, ça ne mène à rien. Je pense qu'il est temps de penser à ton avenir. Tes parents sont au courant ?

— Non, pas vraiment. On ne se voit plus beaucoup ces temps-ci.

— Tu devrais leur rendre visite. Oublie cette histoire de Japon ma belle, crois-moi, il est temps de revenir sur terre ou plutôt chez nous. Tes parents seraient très heureux et tu ferais enfin la connaissance des jumeaux.

Pamela fit mentalement défiler les stations de la ligne D du RER pour arriver jusqu'à Melun. Le bus à trois chiffres, le pavillon de Sol et Mich. Les allers-retours jusqu'à ce que le Dr Atsura devienne son *dana* – au grand déplaisir de ses parents – et qu'il l'installe dans son minuscule mais néanmoins merveilleux appartement, près du métro aérien. Juste à côté de la maison du Japon.

— Tu as un passeport au moins ? demanda Yvon comme s'il lisait dans ses pensées.

Naturellement, elle n'en avait pas. Yvon s'engouffra dans la faille.

— Tout le monde possède un passeport aujourd'hui. Même mes jumeaux en ont un chacun, se crut-il obligé de préciser. Tu n'as pas les épaules pour entreprendre un tel voyage toute seule, tu n'as jamais fait d'autre trajet que Melun-Paris. Crois-tu franchement que tu vas t'en sortir là-bas avec un passe Navigo ?

Pamela sourit et se contenta de hausser les épaules. Elle avait toutes les réponses qu'elle était venue chercher. Yvon s'était montré convaincant à sa manière. Jamais elle ne retournerait à Melun-Sénart. Elle ferait comme Otsù traquant inlassablement Musashi, comme Béatrice Kido, l'héroïne meurtrière de *Kill Bill* à la poursuite d'Oren-Shi, comme Bob Harris et Charlotte dans *Lost in Translation*, à la recherche d'eux-mêmes. Le Japon était sa destination depuis toujours, passeport et passe Navigo appartenaient au registre du détail.

Elle partirait à la recherche de son samouraï, sa décision était prise.

Deuxième partie

Thad

« Tôt ou tard le samouraï s'harnache de cuir, décroche son sabre et repart au combat. »

Eiji Yoshikawa,
La Pierre et le Sabre.

Chapitre Premier

*Où l'on retrouve Thad en petite forme,
à Sapporo par – 15 °C*

Depuis les vestiaires faiblement éclairés par une ampoule électrique dont le fil dénudé semblait menacer de mort quiconque s'attarderait, on entendait des bruits de lutte, de corps qui chutent et des hurlements à vous glacer les sangs.

Lentement, consciencieusement, Thad déplia sa tenue indigo. D'abord le pantalon large, le *hakama* qui possède cinq plis à l'avant et deux plis à l'arrière. « Comme les anciens étaient obligés de mettre et d'ôter chaque jour ce vêtement, les plis leur remettaient à l'esprit chacun des cinq principes coutumiers », lui expliqua Nobu en tortillant son gigantesque derrière pour enfiler son pantalon.

— Quels sont ces principes ?

— La loyauté, la piété filiale, l'harmonie, l'affection, la confiance.

— Rien que ça !

— Ou, si tu préfères : la compassion, la fidélité, la courtoisie, l'entendement et la confiance ou encore la bienveillance, l'honneur, la courtoisie, la sagesse, la sincérité. Nous avons plusieurs variantes selon les écoles et la discipline pratiquée mais l'idée générale reste toujours la même.

— Et les plis à l'arrière ?

— Ceux-là signifient loyauté et piété ou bien sincérité et absence de duplicité. En portant notre *hakama*, nous devons inscrire ces valeurs dans notre cœur.

Dans la salle, une vingtaine d'hommes tous vêtus de bleu, la couleur des *Kendoka*, et quelques enfants habillés de blanc s'échauffaient par petits groupes.

— Ça fait bien longtemps que je ne me suis plus entraîné, se plaignit Nobu en saisissant son ventre généreux à pleines mains. Heureusement que le froid brûle mes calories au fur et à mesure, sinon je serais gros comme un tonneau. Il écarta exagérément les mains pour montrer la taille de la barrique qu'il aurait pu devenir.

— Je me suis embourgeoisé comme tu peux le voir.

Thad sourit. L'embourgeoisement de son ami Nobu avait de quoi faire marrer les plus aguerris des Bretons. Une simple maison de bois et de papier, un décor absent, un confort spartiate et une absence remarquable de chauffage compte tenu du climat sibérien qui régnait dans la région. Finalement, tout est affaire de point de vue.

Après des semaines d'errance dans le grand Tokyo, à noyer le souvenir de Pam sous des litres d'alcool, Thad s'était rendu à l'évidence :

il avait besoin d'aide sinon son foie et sa raison allaient y rester. C'était grandement suffisant pour se résoudre à taper à la porte de son ancien collègue et ami. Celui-ci habitait Sapporo dans l'Hokkaïdo, une des îles du Nord de l'archipel nippon où les températures flirtent avec 15 °C en dessous de zéro au plus dur de l'hiver qui s'étalait d'octobre à avril. C'est sur ces terres inhospitalières que vivent les descendants des Aïnous, une peuplade ancienne, repoussée vers le Nord par les Japonais venus des îles du Sud et qui pratiquait, jusqu'à très récemment, le sacrifice de l'ours, leur dieu tutélaire. Ce peuple vaincu, oublié, vit replié sur cette terre du Yamato et du shintô ancien, le Japon d'avant le Japon. Il fallait vraiment avoir une bonne raison pour se rendre là-bas.

Avec sa stature hors normes, ses cheveux longs et sa barbe folle dévorant la moitié de son visage, Nobu ressemblait trait pour trait à un de ces démons qui peuplent le théâtre japonais. En observant son ami, Thad se demandait comment une carcasse aussi lourde allait se mettre en mouvement. Encore deux ou trois kilos et Nobu pourrait postuler au combat de sumo ! Sa réflexion n'avait rien d'ironique. Tout comme le kendo, le combat de sumo est une expression du shintô, le courant spirituel qui imprègne et régit la vie intime des Japonais. Cette religion de la communion avec la nature, où tout est sacré, les astres, les rivières, les arbres, les ancêtres, est présente dans toutes les traditions, toutes les disciplines japonaises. Dans un combat de sumo (action qui se résume à l'affrontement ultrarapide entre deux colosses à moitié à poil qui cherchent à se pousser hors d'un cercle tracé par terre) ce n'est pas tant la lutte qui importe que les rites qui l'entourent. Les poignées de sel jetées par les lutteurs pour purifier l'arène, les balancements d'un pied sur l'autre pour écraser les forces du mal, même l'arbitre, issu d'une famille dédiée à cette noble fonction, est vêtu comme un prêtre shintô : pantalon blanc et veste de kimono noir. Le sumo c'est sacré et les sumotoris sont des demi-dieux. Après quelques mouvements d'une amplitude exagérée, Nobu s'immobilisa, concentré, fixant l'horizon avant d'enchaîner avec souplesse et une élégance inattendue une série de mouvements extrêmement élaborés.

— À ton tour.

Thad s'exécuta avec maladresse et difficulté. Il n'arrivait pas à trouver son point d'ancrage, encore moins son équilibre. Son corps raide refusait d'exécuter les mouvements. Plus il répétait les mêmes gestes, plus il sentait la colère le gagner. D'habitude, l'entraînement provoquait l'effet inverse et lui permettait d'évacuer la rage qui déferlait si souvent dans ses veines. À force de volonté, il était arrivé à se canaliser, à neutraliser le poison. Mais à cet instant, dans ce dôjô minable qui puait la transpiration, sa fureur l'empêchait de réaliser correctement ses enchaînements. Il essaya de faire le vide, d'observer froidement ses émotions, de les regarder passer pour laisser la place à l'essentiel. Rien à faire ! Plus il tentait d'alléger ses pensées, plus la colère s'engouffrait dans l'espace ainsi créé. Nobu le regardait en se marrant. Quelques vieillards, qui faute de mieux, traînaient là toute la journée, s'étaient rapprochés pour observer le *gaijin* gesticuler dans tous les sens. L'un d'eux portait, harnaché à son *hakama*, un *koshiita,* une sorte de dosseret rigide qui pousse une partie des lombaires vers l'avant, créant la cambrure indispensable à une attitude correcte, l'avancement des hanches faisant saillir le bas-ventre. L'ensemble donnait au vieil homme une allure de matador qui en imposait. Il s'approcha de Thad en exécutant une danse grotesque durant laquelle il dégaina deux sabres courts, les mêmes que Musashi, et non pas les sabres de bambou qui servent d'ordinaire à l'entraînement. Thad avait cessé de lutter contre son trop-plein de pensées, subjugué par la beauté des armes et la manière redoutable dont elles prolongeaient les bras, faisaient corps avec le vieux qui dansait de plus en plus vite. Subitement, ce dernier poussa un hurlement en croisant les sabres devant lui afin de poignarder l'ennemi invisible auquel il venait de livrer un combat sans merci. Sa victoire assurée, il s'inclina un peu trop respectueusement devant Thad, le fixant d'un air hilare. Il lui manquait au moins deux dents. Le vieux parti, Thad se tourna vers Nobu.

— C'est à cause de l'alcool, dit-il à l'attention de son ami. Je bois beaucoup trop depuis que je suis avec toi. Je n'arrive plus à digérer ton mauvais saké.

— Mauvaise excuse. Tu n'es même plus capable de maîtriser ta respiration ni tes placements. Comment veux-tu feindre une attaque si tu ne sais pas toi-même dans quelle direction tu veux aller ? N'importe quel grand-père d'ici – il fit un geste pour désigner les combattants du *Muppet Show* regroupés autour de leur chef édenté, qui souriaient en coin, l'air con et sournois à la fois – te collerait une raclée en deux prises. La seule chose qui puisse te sauver de ta misérable condition, ajouta-t-il, histoire d'enfoncer le couteau un peu plus profond dans l'orgueil de Thad, c'est que ton adversaire soit totalement désorienté par ton manque de coordination. Il pourrait imaginer que c'est une ruse de ta part. Et pendant qu'il cherchera à comprendre la subtilité de ta feinte, tu pourras profiter de sa demi-seconde de perplexité pour lui porter un coup. Un seul. Et tu auras tout intérêt à ne pas te louper, sinon, dès qu'il comprendra à quel genre de guignol il a affaire, il te clouera sur place ! Tu devrais sérieusement reprendre les bases de ton entraînement pour comprendre ce qui s'est passé, à quel moment tu t'es perdu.

De retour dans les vestiaires du dôjô, Thad se sentait rétrécir. Il passa un long moment sous la douche, espérant apaiser son esprit et laver son corps et si possible l'inverse. Le débit saccadé de l'eau chaude l'obligeait à rompre l'équilibre fragile de ses pensées. À mesure que l'eau cognait sur son crâne, des images enfouies resurgissaient, des émotions disparues étaient réactivées. Il ferma les yeux et murmura pour lui-même : « Je suis un guerrier, je dois me rapprocher de la Voie. »

Cette obsession remontait au temps de l'enfance lorsqu'elle s'était profondément enracinée dans le terreau fertile de sa solitude puis lentement déployée durant les heures passées à regarder la télé. C'était la faute de Caine, le héros de *Kung Fu*, son modèle absolu, son presque frère. L'image du guerrier orphelin avait grandi en même temps que lui, au point de prendre toute la place qu'il lui avait laissée, toute la place qu'il y avait à prendre. Un espace vaste comme un désert affectif. Dès que la série commençait, dès les premières notes de musique du générique, Thad retirait ses chaussures et s'installait par terre, en tailleur.

Le soleil crépusculaire nimbait l'écran de sa lumière rougeoyante puis l'aube blafarde s'imposait sans prévenir tandis que David Carradine faisait son apparition. Sous un soleil devenu implacable en moins de deux secondes, on suivait sa difficile progression dans le désert. Puis l'image devenait floue comme une hallucination due à la chaleur et le spectateur découvrait un enfant et un vieil homme dans un temple. Le vieillard, qui se faisait appeler Maître Po, tenait une pierre dans le creux de sa main et s'adressait à l'enfant : « Quand tu pourras attraper cette pierre, il sera temps pour toi de quitter le temple. »

Évidemment, le pauvre môme n'y arrivait jamais. Mais Thad savait d'avance que le générique progresserait aussi vite que la croissance vertigineuse de l'enfant qui, en trois images successives, deviendrait adolescent, puis jeune homme capable de saisir la pierre. Il était temps pour lui de partir.

Gros plan sur les pieds nus dans la neige du garçon rasé comme un moine. Fondu enchaîné de David Carradine foulant le sable brûlant du désert texan. La musique s'intensifiait et le mot *Kung Fu* apparaissait en grosses lettres jaunes sur l'écran. L'épisode pouvait enfin commencer.

Il aimait ce désert du Grand Ouest que Caine foulait à la recherche d'un hypothétique frère. Thad caressait l'idée qu'il était ce fameux frère et qu'un jour Caine se tiendrait debout devant lui, sous la bruine bretonne. Il avait imaginé la scène des dizaines de fois, changeant parfois quelques détails du scénario. Il voyait très nettement les yeux bridés se plisser d'avantage, un sourire viril passant tantôt dans le regard, tantôt sur les lèvres de Caine. Parfois, il faisait beau comme au Texas et la silhouette de son « frère » était floue comme un mirage. D'autres fois, il tombait des draches, Caine dégoulinant de flotte mais toujours impassible frappait à la porte, implorant l'hospitalité pour échapper au déluge. Thad lui proposait de se réchauffer auprès de l'immense feu qu'il venait de faire apparaître dans son F2. Assis l'un près de l'autre, ils n'échangeaient aucune parole, appréciant en connaisseurs ce silence viril riche de connivence. Caine le remerciait chaleureusement avant de lui avouer, plus ou moins vite selon que Thad désirait ou non faire durer le suspens, qu'il était son frère, qu'il avait parcouru la planète entière pour le retrouver et le ramener chez eux, dans le monastère shaolin de leur enfance, dans un coin mystérieux et forcément reculé de la Chine.

À travers la vapeur d'eau de la douche brûlante, le halo de l'ampoule électrique éclairait la scène d'une lumière dramatique à souhait. Cette fois, Caine allait se pointer, c'était certain. Les retrouvailles que Thad avait attendues toute sa vie allaient enfin se produire, ici et maintenant.

Mais ce fut le visage hirsute de Nobu qui surgit devant lui.

— Allons faire l'échelle, je meurs de soif. Et dire que je pensais être rouillé !

Il acheva sa phrase par une série de rots tonitruants en guise de clap de fin.

Chapitre II

Au pays du Soleil levant, picoler est un art qu'il faut prendre au sérieux

Au pays du Soleil levant, « faire l'échelle » consiste à aller de bar en bar pour vérifier à quelle hauteur il est possible de monter. D'expérience, Thad savait à quoi s'en tenir. En bon Breton, il pouvait monter vraiment très haut. Un atout indispensable dans un pays où picoler est un art qu'il faut prendre au sérieux. Tout ce qui ne doit jamais être exprimé peut être lâché devant un verre car rien de ce qui se dit et se fait pendant ces parenthèses alcoolisées n'existera le lendemain, y compris l'atteinte à la sacro-sainte hiérarchie qui régit l'ensemble des comportements privés, publics et professionnels des habitants de l'archipel. Fort heureusement, car peu de gens y survivraient.

Comme à chaque fois qu'il buvait, Thad attendait avec patience le moment où l'alcool en pénétrant dans ses veines ralentirait agréablement le cours des choses, rendrait sa vue plus perçante, son ouïe plus fine, ses pensées plus fluides et lui donnerait l'impression que tout était possible. Encore quelques verres et il serait prêt à aimer le monde entier.

La première tournée lui permit de reprendre des forces. La seconde acheva de lui rendre un peu de l'assurance qui s'était fracassée sur le plancher du dôjô. Nobu avait raison, il fallait tout reprendre depuis le début : revoir les bases, refaire le chemin, se rapprocher de la Voie et de la philosophie au lieu de gesticuler comme un mauvais acteur.

La troisième tournée aiguisa ses souvenirs d'un tranchant dont il se serait volontiers passé. Sous l'effet de l'alcool circulant dans son sang depuis plusieurs heures, tout lui revenait à l'esprit dans les moindres détails. Il était capable de sentir l'odeur âcre des trottoirs de Paris après la pluie – une averse l'avait poussé à se réfugier dans la Petite Boutique japonaise. Il voyait avec précision la circulation dense sur les quais de la rive gauche, la couleur du kimono que portait Pamela ce jour-là : bleu nuit avec un motif fleuri rose foncé. Il éprouvait de nouveau cette sensation de l'ordre de la certitude : le secret de Jean-Christophe Le Kervantec, rebaptisé Thad par une mère trop désirante et si mal aimante, avait été déchiffré par la toute petite geisha du quai Malaquais. Elle seule savait qui il était et ce qu'il n'était pas, elle avait saisi son être véritable. Est-ce à ce moment-là qu'il était tombé amoureux, ou plus tard quand il l'avait embrassée pour la première fois ? Cela n'avait pas vraiment d'importance au fond mais il continuait à vouloir antidater cet amour qui l'avait entraîné vers des contrées extrêmement dangereuses, l'obligeant à fuir de toute urgence.

— Je suis un homme libre, hurla-t-il soudain de sa plus belle voix d'ivrogne.

Il se redressa, se laissa tomber en arrière sur la banquette, ferma les yeux et réfléchit à cette formidable liberté retrouvée à laquelle il peinait à donner un sens. Tout ce qu'il pouvait en dire était que pour elle, il se retrouvait dans une région glaciale du Japon à descendre des litres d'alcool avec un géant barbu, criminel à ses heures.

C'était donc cela être libre ? Et pourquoi ? Pour fuir la seule personne qui avait jamais compté ? Sans la moindre explication, sans lui laisser la plus petite chance de comprendre ce qu'il traversait... En agissant de la sorte, ne s'était-il pas écarté du code d'honneur qu'il prétendait suivre ? Si seulement il n'avait pas déposé cette fichue lettre, il ne serait pas en train de caresser l'espoir débile de recevoir une réponse. Car le vrai problème des lettres qu'on envoie, c'est bien la réponse qu'on espère. Dans le cas présent, c'était peine perdue, il avait fait le nécessaire pour que Pamela ne puisse jamais le retrouver. Pas de timbre, pas d'adresse. Certainement la lettre la plus stupide jamais écrite. Thad sentait l'alcool assombrir son humeur, alourdir ses mouvements et faire naître en lui des pensées vengeresses et désespérées. Il ne savait que faire de sa colère qui n'avait rien de sain, ni de divin ni de salutaire. Elle restait là, en travers de sa gorge, enflant patiemment en attendant qu'il prenne une décision. Allait-il l'avaler ou la vomir ? Nobu se chargea d'interrompre ses divagations intérieures.

— Il serait peut-être temps de me dire ce que tu es venu faire ici ?

Personne ne vient dans cette région maudite sans une bonne raison. L'attaque était directe, imprévisible, comme tout à l'heure au dôjô. Cette fois encore, Thad n'avait rien vu venir. En débarquant à Sapporo, il avait préparé de longues phrases mystérieuses pour dire, sans vraiment expliquer, les raisons de sa visite, mais Nobu n'avait rien demandé. Puis les semaines avaient remplacé les jours sans que la question ne soit posée.

— Il se trouve, par un mauvais hasard, que c'est là que tu habites Nobu-san. Crois-moi, si j'avais su le froid polaire qui règne dans ton coin, je t'aurais attendu tranquillement à Kyoto. Ta mère y vit toujours ?

— Oui, répondit Nobu qui détestait parler de sa mère. Elle est à la retraite maintenant mais elle continue de donner des cours de musique aux apprenties geikos.

La mère de Nobu avait grandi et servi dans la célèbre okiya Oren, une maison de thé réputée du quartier de Miyagawa-cho à Gion. Thad adorait cette histoire, Nobu beaucoup moins.

— Le mystère a assez duré. Je t'observe depuis des semaines et je vois bien que tu as l'alcool triste et les pensées plus sombres encore. Alors dis-moi : est-elle belle au moins ?

— De quoi parles-tu ?

— De celle qui occupe tes pensées, qui a changé ton esprit, celle que tu fuis en venant jusqu'ici.

Inutile de feindre, c'était trop tard. Mentir ? Il lui suffit de lever les yeux vers le géant du Nord pour comprendre qu'il valait mieux s'abstenir.

— Si tu la voyais... Elle a un grain de beauté à la naissance du cou... Quand je l'effleurais du bout des doigts, l'embrassais du bout des lèvres, rien de mauvais ne pouvait m'arriver. Il était mon repère, ma bouée, ma douane de mer et je l'ai perdu. Je n'arrive pas à comprendre pourquoi, acheva-t-il dans un souffle comme pour éteindre l'émotion qui gagnait sa voix. Il s'agissait juste d'un léger enrouement, à peine une brisure, une phrase qui s'achève un demi-ton en dessous, mais cela n'avait pas échappé à Nobu.

— Tu dois être très épris mon ami. Seul un homme amoureux ou un poète peut être transporté par un simple grain de beauté. Moi, quand une femme me fait de l'effet à ce point, le saké n'est jamais très loin. Sans ivresse, pas de jouissance ! Mais pour vous les *gaijin*, c'est souvent l'inverse. Tu as drôlement changé ces dernières années. Je me souviens encore de l'époque où tu disais que les filles étaient une perte de temps, qu'elles nous éloignaient de l'essentiel, que l'amour était un asservissement volontaire, que...

— Et si je te disais qu'elle est geisha, l'interrompit Thad.

Nobu en resta bouche bée, offrant un spectacle affreux. D'ailleurs, Thad détourna les yeux et les narines par la même occasion.

— Dis-moi, reprit Nobu, j'ai loupé un épisode ? Tu as fait fortune ? Parce qu'une geisha, ça coûte un bras à entretenir !

— Je ne suis pas son *dana*, répondit Thad, en évitant de penser au Dr Atsura. Rien que d'imaginer les chairs flétries du vieillard sur la peau tendre et délicate de Pam... Il regarda le plafond pour essayer de penser à autre chose mais les images les plus moches ne se laissent pas chasser aussi facilement. Comme de vieux acteurs qui rechignent à regagner les coulisses, elles ne quittent jamais tout à fait la scène. « Encore, encore », hurlent-elles en chœur, renvoyant dans la boîte crânienne de Thad leurs représentations les plus réussies : Pam, le kimono largement ouvert, assise sur les genoux du Dr Atsura, Pam agenouillé devant lui, attentive et concentrée, Pam sur le ventre, nue, sans défenses sous les assauts répétés du vieux bouc nippon.

Nobu se redressa pour donner une monstrueuse accolade à son ami, de la manière la moins japonaise qui soit.

— Coucher avec une geisha sans que ça ne te coûte rien... t'es vraiment un malin, toi. Laisse-moi deviner... il t'a surpris avec elle et il veut te faire tuer ou bien que tu le rembourses... Je comprends mieux ta présence ici. La fille impossible, la vengeance... quelle histoire !

Sous l'effet de la boisson, Nobu s'emballait, fier d'avoir percé le secret de son ami, d'avoir résolu l'énigme. Parce qu'on ne séjourne pas à Sapporo en plein hiver pour le plaisir de sa seule compagnie, il ne fallait pas la lui raconter. Thad estima préférable de ne pas le détromper. Après tout, l'explication proposée par Nobu valait bien la sienne.

Très tard dans la nuit glacée, ils continuèrent à gravir les barreaux de l'échelle, affûtés comme des sabres, transperçant les heures les plus noires de leurs degrés alcoolisés, avant de s'écrouler tout habillés dans la cabane de Nobu, en bordure du canal gelé d'Otaru. Il y faisait si froid qu'une fine pellicule de givre recouvrait les quelques meubles qui constituaient son intérieur. Thad finit sa nuit en dormant par tranche de deux heures comme les marins des mers du Nord. Ceux dont il avait dévoré les récits quand l'idée de faire carrière dans la piraterie l'avait effleuré. Couché en chien de fusil sur un futon d'une propreté douteuse qui puait le poisson, il regrettait infiniment de ne pas avoir prévu de vêtements plus chauds. Il commençait d'ailleurs à regretter tout court. Qu'est-ce qu'il fichait là, au pays des ours ?

Sous ses paupières closes, les images se succédaient par flash.

Petit Scarabée en train de pousser une gueulante pas possible sur son maître d'armes dont l'impassibilité commençait sérieusement à lui taper sur les nerfs. Ce dernier prit soudain les traits de sa mère, de la manière la plus effrayante qui soit.

— Encore devant la télévision ! Cesse de rêver ta vie Jean-Christophe, tu cours au-devant de grandes désillusions. C'est sûr qu'elle en connaissait un rayon, niveau déception, la Soizic.

— Va finir tes devoirs si tu veux devenir quelqu'un, lança-t-elle sur le pas de la porte sans prendre la peine de se retourner, et ne m'attends pas, je vais rentrer tard ce soir.

Petit Scarabée détourna alors ses yeux brouillés de larmes de l'écran de télévision, regarda fixement le soleil pour sécher son chagrin (un truc à vous ruiner la rétine) et se retrouva en selle aux côtés de Yul Brynner.

— Tanner, lui dit alors le chef des mercenaires, nous partons défendre un village à la frontière mexicaine. Ces paysans sont très pauvres, ils payent mal mais c'est une question d'honneur.

Bientôt les ronflements de Nobu se confondirent avec le feu nourri des *bandidos* de l'infâme Calvera. Chris était mort, son tour arriverait bientôt.

— Pamela, viens me chercher. Sauve-moi, supplia-t-il avant de sombrer enfin dans un sommeil sans rêve, un sommeil de brute.

À son réveil, la douleur qui lacérait ses tempes était indicible. Les migraines du lendemain, dans l'extrême nord de l'archipel nippon sont certainement parmi les plus violentes au monde. Seule consolation : la neige assourdit tous les bruits, atténue la violence. Le calme blanc qui régnait autour de la maison de Nobu avait des allures de bénédiction après une longue nuit d'échelle. Le Japon en version monochrome offrait quelque chose d'apaisant qui réconforta l'orphelin de Saint-Brieuc.

Chapitre III

*Un yakuza est un homme fier
qui ne se cache pas. Au contraire,
tout le monde doit savoir qui il est*

Les jours qui suivirent, Nobu n'évoqua pas une seule fois leur conversation, preuve que l'amnésie du lendemain n'était pas une légende.

— Je dois partir pour Osaka à la fin du mois... des affaires un peu compliquées à régler là-bas. Tu pourrais m'accompagner, ça te changerait les idées, proposa-t-il.

Thad se retint d'interroger son ami sur la nature desdites affaires, même s'il avait de sérieuses réserves à leurs sujets. Mais il accepta sans faire son difficile. Il avait grand besoin d'action sans que deux yeux aimants et un peu trop attentifs le jugent en silence.

Nobu annonça qu'ils en profiteraient pour rendre visite à sa mère avant de rentrer.

— Ah, les mères japonaises..., soupira-t-il en levant les yeux. Tu ne connais pas ta chance d'avoir une mère française et d'échapper ainsi aux devoirs du fils (même pas du ciel) envers ses parents.

— Bretonne. Ma mère est bretonne, corrigea Thad, peu convaincu d'avoir gagné au change.

Consciencieusement, il reprit l'entraînement pour être à la hauteur de la mission que ne manquerait pas de lui confier Nobu.

Sous la plante de ses pieds, le plancher du dôjô lui parut froid et dur. Il commença par poser les deux paumes à plat sur le sol pour sentir le sang circuler dans tout son corps. Ensuite vinrent les étirements. Il détestait ça. Pourtant, il consacra une demi-heure à des contorsions diverses et douloureuses avant de s'agenouiller à la japonaise, assis sur les talons, le coup de pied à plat pour achever d'assouplir ses chevilles. C'était le petit moment de calme avant d'entamer une série de katas. Il devait se forcer à écouter sa respiration, l'obliger à se diffuser à l'ensemble de son corps. Le calme ne faisait pas partie de ses qualités naturelles et il lui fallait toujours se contrôler, se maîtriser pour s'en approcher. D'un bond, il se leva et exécuta au ralenti un certain nombre de mouvements, les muscles tendus, ramassé au maximum toujours dans le même ordre. Il fallait aller au bout de son équilibre, du contrôle de soi, des qualités qu'il n'avait pas non plus reçues à sa naissance et qu'il avait fallu acquérir à force d'exercices. En principe, le *Kendoka* voit son agressivité disparaître au profit d'une combativité contrôlée qui lui est bien utile dans tous les domaines de la vie. Plus la technique s'affine et plus il prend confiance en lui.

En principe.

Ce jour-là, il exécuta avec application un *gojushiho sho*, un kata de karaté particulièrement complexe qu'il dut à peu près réussir car les vieux habitués du dôjô qui continuaient de se moquer de lui depuis son arrivée hochèrent la tête d'un air qu'on pouvait imaginer approbateur. Il était prêt à en découdre.

*
* *

Le « travail » qui attendait Nobu et Thad à Osaka était bien de la même veine que celui qu'ils avaient déjà effectué ensemble pour le général Juntaro, quelques années auparavant.

— Ils l'ont assassiné, glissa Nobu au moment où ils s'engageaient dans la zone portuaire, à l'ouest de la ville. Ce labyrinthe de plusieurs kilomètres de docks et de containers mettait au défi le sens de l'orientation le plus aiguisé, annulait toute logique et tout repère. Ce devait sans doute être le but recherché.

— Qui ça ?

— Le général. Ce sont les Coréens qui ont fait le coup.

Logique, pensa Thad. Depuis une vingtaine d'années, des Coréens de la deuxième génération s'étaient élevés dans la hiérarchie mafieuse même si leurs domaines d'action demeuraient peu prestigieux. Ils avaient ainsi récupéré une portion des docks qui correspondait au transport des animaux (les Japonais comme les Hindous n'aiment pas trop s'occuper des animaux morts), les salons de massage miteux, les hôtesses bas de gamme et le réseau de téléphone rose. Le recrutement local devenant de plus en plus difficile, il avait fallu importer de la main-d'œuvre.

Nobu demanda au chauffeur de taxi de les attendre sur le parking de l'aquarium. Thad s'étonna.

— Ici ? Ce n'est pas très discret, il y a beaucoup trop de touristes.

— Justement, rétorqua Nobu, personne ne fera attention à nous.

Une demi-douzaine de types les attendaient près du bassin du requin-baleine, vedette incontestée de l'aquarium Kaiyûkan avec ses douze mètres de long et sa sale gueule. Ils avaient tous l'air de ce qu'ils étaient avec leur panoplie un peu ridicule : costume coloré, cheveux gominés vers l'arrière et lunettes noires. Thad se rappela une des rares conversations qu'il avait eue avec le général, des années auparavant : « Un yakuza, disait-il, est un homme fier, il ne se cache pas, au contraire, tout le monde doit savoir qui il est. »

Sur ce point, c'était réussi ! D'autant que le faible éclairage du lieu rendait le port de lunettes noires suspect, pour ne pas dire parfaitement grotesque. Ils se mirent à parler à toute vitesse, tous en même temps, faisant de grands gestes comme s'ils appréciaient la taille des poissons. Puis, en une poignée de secondes, ils disparurent dans les couloirs de l'aquarium : la réunion était terminée.

— Dépêchons-nous, lui dit Nobu, nous n'avons pas beaucoup de temps. Il faut t'acheter des vêtements corrects, nous sommes attendus dans une heure.

— De quoi s'agit-il ? questionna Thad qui ne voyait pas très bien ce que recouvrait la notion de vêtements corrects.

— Rien de bien méchant, nous allons à l'assemblée générale d'une entreprise de composants électriques.

— En tant que quoi ?

— En tant qu'actionnaire naturellement. Quoi d'autre ?

Dans le taxi qui les conduisait au centre commercial pour acheter un costume d'homme d'affaires, Nobu affranchit Thad. Même si l'activité n'avait guère changé dans le fond, la forme avait beaucoup évolué. Pour se conformer aux nouvelles lois anti-corruption, les familles de yakuza avaient inventé une technique d'extorsion de fonds typiquement japonaise : au lieu de racketter les petites entreprises comme toute bonne pègre qui se respecte, l'organisation louait ses services pour étouffer les contestations dans les assemblées générales des grandes entreprises cotées en Bourse. Leur simple présence suffisait à effrayer les actionnaires ordinaires et à garantir le *wa*, l'harmonie de l'assemblée... C'était assez facile et Thad se demandait si ce modèle non violent de terrorisme d'entreprise, parfaitement légal au demeurant, pouvait s'exporter. Probablement pas, il fallait sans doute être japonais pour concevoir et supporter ce type de pratique.

Pendant une dizaine de jours, ils firent la tournée des assemblées générales, s'assurant que les mains se lèvent ou pas en fonction des intérêts de leur employeur. Un travail assez ennuyeux dans la mesure où il fallait assister au conseil d'administration du début jusqu'à la fin pour s'assurer du résultat du vote. Thad s'ennuyait ferme, contrairement à Nobu, visiblement ravi de leur travail d'équipe. Le tandem qu'il formait avec son mercenaire breton avait de la gueule, imposait le respect. Leurs mérites seraient rapportés en haut lieu. Il était temps pour lui de progresser et le *gaijin* était son accélérateur de carrière. Pour échapper à leur routine et se changer les idées, Nobu proposa de rendre visite aux Coréennes. Devant l'absence totale de réaction de Thad – décidément, le Breton avait le chagrin d'amour excessif et l'abstinence longue durée – il se crut obligé de préciser : « Les Coréens ont tout un réseau de filles payées pour répondre au téléphone. C'est insensé ce qu'elles peuvent raconter comme cochonneries alors que la plupart d'entre elles sont des mères de famille, des vieilles à la retraite ou des étudiantes en Sciences et Technologies.

— Pourquoi en Sciences et Technologies ? avait demandé Thad.

— Ce sont souvent les étudiantes les plus moches, ce qui ne pose pas de problème pour faire la pute au téléphone. Ces chiens du Toa Yuai Jigyo Kummiai, des vrais voyous sans honneur, ont dépassé les limites en cherchant à se développer à Tokyo qui n'est pas leur secteur.

Les collègues ont embarqué une cinquantaine de filles qu'ils ont emmenées ici pour obliger ces fils de... (à défaut de trouver l'insulte adéquate, il cracha par terre) à venir négocier à Osaka. Allons voir leur tête. Je me ferais bien une mère de famille coréenne dans le besoin. Que veux-tu, je suis sentimental.

Les filles étaient parquées dans un entrepôt de la zone portuaire où les « cousins » de Nobu leur avaient donné rendez-vous quinze jours plus tôt. Thad se demanda si les touristes et les familles qui affluaient par centaines pour visiter le célèbre aquarium se doutaient de ce qui se passait à une encablure seulement du requin-baleine. Probablement pas.

L'entrepôt abritait des centaines de containers rouillés. Impossible de déterminer depuis combien de temps les stocks étaient là et s'ils étaient réellement destinés à être chargés un jour. On aurait dit une gigantesque cargaison fantôme oubliée depuis des lustres par des commanditaires amnésiques. Sous l'effet de la corrosion, le nom des marchandises, leur provenance, leur destination s'étaient effacés, rendant inutile toute tentative d'identification. Sans doute était-ce le but recherché. L'odeur qui s'en dégageait était pestilentielle. Thad espéra que ce n'était pas des denrées alimentaires en état de décomposition avancée et imagina aussitôt des millions d'asticots grouillants derrière les parois métalliques. Il chassa cette vision d'horreur – il avait beau être un guerrier fier et courageux, la simple évocation d'asticots par milliers lui collait des sueurs froides depuis l'enfance – et se concentra sur le spectacle affligeant qui s'offrait à lui. Des dizaines de femmes, plus très jeunes pour la plupart, se tenaient accroupies, la tête entre les mains, sans savoir – ce devait sans doute être le plus angoissant – ce qui les attendait. Accablées mais dignes. Aucune n'avait manifesté quoi que ce soit quand Thad, Nobu et deux autres types, probablement des gardiens, étaient entrés dans le local. Une seule parmi elles gardait la tête relevée et regardait droit devant elle avec une expression de défi mêlée de terreur.

Thad sentit une décharge électrique juste au bas de sa nuque. Ce n'était pas possible ! Pas elle... Il connaissait bien ce regard : curieux mélange d'assurance et de trouille enfantine à l'idée de se faire prendre la main dans le sac, il reconnaissait surtout très bien la fille.

Il devait y avoir une erreur. Par quel hasard ahurissant Keiko se retrouvait-elle ici à Osaka, dans cet entrepôt surchauffé au milieu de Coréennes plus ou moins professionnelles ? Il tira Nobu par la manche et l'entraîna vers la sortie.

Chapitre IV

Se réapproprier son corps est chose salutaire. À condition que Nobu la boucle deux minutes

Dans le train rapide qui les emmenait d'Osaka vers Kyoto, Nobu essayait tant bien que mal d'entretenir la conversation avec Thad dont l'humeur et le visage s'étaient considérablement assombris depuis ces dernières vingt-quatre heures. Il n'avait jamais été à l'aise pour aborder les questions de fond sans un demi-litre d'alcool dans le sang et Thad, les yeux mi-clos, comme verrouillé de l'intérieur, ne lui facilitait pas la tâche.

« Quelle histoire ! Comment une jeune fille d'une famille aussi illustre que celle des Atsura s'est-elle retrouvée mêlée à un réseau de putes téléphoniques ? »

Thad ne réagit pas, seul un léger affaissement des épaules trahissait son émotion. Il regrettait de ne pas avoir osé confronter Keiko, de ne pas avoir saisi cette chance inouïe de l'interroger et d'avoir ainsi des nouvelles de Pamela. Il ne pouvait pas croire à une simple coïncidence. Il fallait sûrement y voir un signe du destin. Mais un signe de quoi ? C'était trop tard maintenant, il ne le saurait jamais. Quel manque de courage, il n'avait pas fini de se traiter de con !

— Grâce à toi, nous avons sauvé une Atsura du déshonneur. Crois-moi, ce n'est pas rien. Les autres là-haut – il dressa son index comme s'il désignait un étage supérieur occupé par des êtres mystérieux et tout-puissants – m'ont fait savoir que si tu suivais la formation prévue en te montrant digne et loyal, ils ne s'opposeraient pas à étudier ta candidature. Tu pourrais rejoindre notre famille.

« Étudier ma candidature... ils sont marrants ! » pensa Thad sans manifester quoi que ce soit.

Nobu continua sur sa lancée.

— L'apprentissage ne dure que six mois, ensuite nous organiserons ton intronisation officielle. Toi qui es sensible au cérémonial, je t'assure que tu ne seras pas déçu par celui-là. À mon avis, il n'y a pas mieux. Tu seras mon *shatei-gashira*, mon petit frère, je te guiderai et je veillerai sur toi. Tu sais, poursuivit Nobu, nous avons notre propre code de l'honneur : discipline, loyauté, honneur, combat... Nous ne sommes pas des voyous, ni des assassins, nous descendons des *Machi-Yakko*, les serviteurs des villes. La vérité est que nous sommes les nouveaux samouraïs. L'organisation est très simple, il suffit de suivre des règles précises, il en existe à peu près pour tout, même pour les relations avec les femmes. Qu'est-ce que tu dis de ça ?

Si seulement Nobu pouvait fermer sa grande gueule deux minutes.

C'est dans cette ambiance de plomb, pesante comme un kimono d'apparat, que Nobu se présenta sur le seuil de la maison maternelle : une jolie *minka* traditionnelle d'un étage, en bois sombre, le long d'une rue pavée faiblement éclairée par des lanternes rondes. Pas un bruit, pas une voiture pour vous rappeler la civilisation. Après l'hyperactivité d'Osaka, le contraste avec le quartier de Gion où vivait la mère de Nobu était saisissant. Thad, toujours enfermé dans son silence, se tenait un pas derrière lui. Après les avoir laissés patienter longuement à la porte, Mme Tanaka vint leur ouvrir vêtue d'un kimono traditionnel noir qui faisait ressortir la pâleur mortuaire de son visage fardé. Elle portait une lourde perruque de geiko qui semblait prête à l'engloutir à chacun de ses pas. Malgré les années, elle conservait l'allure propre aux geishas, mélange de grâce et de résistance, de fragilité et de force.

— Tu es en retard mon fils. La prochaine fois, si tu tardes trop, je serai certainement morte !

La mère de Nobu possédait un sens aigu du drame dès lors qu'il s'agissait de son fils unique et gardait en réserve un grand nombre de sentences définitives qu'elle peaufinait pendant les longues absences de celui-ci. Apercevant Thad, elle jugea préférable de ne pas continuer : il est des choses qui ne souffrent pas d'être dites en présence d'un étranger. Mais il ne perdait rien pour attendre, elle se rattraperait plus tard.

— Sois le bienvenu dans mon humble logis, récita-t-elle en s'inclinant respectueusement les deux mains posées à plat sur ses cuisses.

Nobu se détendit aussitôt, il savait que c'en était fini pour ce soir. Il ne lui restait plus qu'à jouer son rôle du fils attentif et aimant et sa mère celui de la femme comblée par le retour de l'enfant prodigue. Ils s'acquittèrent parfaitement de leur comédie pour spectateur unique. Le dîner était excellent. Après une farandole d'entrées marinées, Mme Tanaka leur avait préparé d'exquis tempuras de légumes suivis d'un râmen de sa composition, un bouillon parfumé dans lequel flottaient de fines tranches de porc et de poulet. À mesure que leur estomac se remplissait, l'atmosphère s'allégea. Mère et fils s'étaient lancés dans une conversation animée, permettant à Thad de laisser filer ses pensées amères. Il tentait de chasser les images de Pamela qui le traversaient en permanence, de faire le point sur autre chose pour les rendre floues. Le saké servi en abondance, la douce chaleur qui régnait dans la maison eurent raison de ses dernières résistances. Il s'accrocha mollement à la conversation avant de s'endormir, de la manière la plus japonaise du monde : assis en tailleur sur les tatamis, le dos bien droit, les yeux mi-clos.

« Une ÉTRANGÈRE dans l'okiya ? ! »

Réveillé en sursaut par les cris de Nobu, Thad avait perdu l'équilibre et gisait maintenant face contre le sol en jonc tressé dans le salon de l'honorable Mme Tanaka.

Nobu continuait de s'emporter mais Thad restait sur le carreau, allongé, immobile.

— Depuis quand Mme Kuniko, tellement à cheval sur les principes, la tradition et tout le tralala, a-t-elle ouvert sa maison et autorisé la transmission de son art à une fille venue d'ailleurs ?

Il cuisina sa mère.

— Une Coréenne ou une Philippine ?

— Ni l'une ni l'autre. C'est une Européenne, une Française je crois. Je l'ai aperçue une fois ou deux, en visite dans le quartier. Elle est toujours collée à Mitsuko. Elles font sensation toutes les deux. Je pense que Mama-Kuniko après y avoir bien réfléchi – tu peux lui faire confiance – a considéré que c'était une bonne publicité pour sa maison. D'ailleurs, tout le district ne parle plus que de l'apprentie *gaijin*.

Nobu était effondré : tout foutait le camp. Sa mère défendait son amie, contrainte d'en arriver là, à cause de la… télévision qui abrutissait tout le monde, gardait les hommes à la maison à coups de programme débilitant et, par voie de conséquence, causait la ruine et la disparition progressive des maisons de thé. En entrant dans le salon maternel, il avait remarqué la télécommande du téléviseur Samsung, offert lors de sa précédente visite, encore dans son papier d'emballage. Il était presque certain qu'en déplaçant le poste, il constaterait que la prise n'était pas branchée. Mme Tanaka ne faisait aucun effort pour s'intéresser à la marche du monde, ce qui ne l'empêchait pas, bien au contraire, d'avoir une opinion sur tout, et si possible une mauvaise opinion. Il ne s'aventurerait pas sur son terrain de récrimination favori : celui du recul des traditions, rempart ultime contre l'odieuse modernité d'une société qui court, forcément, à sa perte. Il connaissait la chanson par cœur, sa mère n'ayant jamais envisagé de changer de refrain.

— Si ça peut arranger les affaires de l'okiya, concéda Nobu.

Thad avait mal à la tête, envie de vomir et ne savait plus comment se relever. Pour ne pas le gêner davantage, ni Nobu, ni sa mère ne lui prêtaient attention.

— Kuniko semble ravie. Elle continue de me rendre visite ainsi qu'elle le fait chaque semaine depuis...

— Je sais ce que tu vas dire, l'interrompit Nobu avec colère. Inutile de me rappeler qu'à cause de moi tu as été contrainte de quitter l'okiya. Faut-il vraiment que, jusqu'à la fin de mes jours, je sois condamné à entendre cette histoire ?

Puis, se tournant enfin vers Thad :

— J'y ai droit à chaque fois. Tu veux un coup de main ?

*
* *

Chaque fois qu'il était de passage à Tokyo, Nobu ne manquait jamais de se rendre à l'okiya Oren pour présenter ses hommages à celle qu'il considérait comme sa tante, ainsi qu'à Mitsuko. Malgré une querelle ancienne qui avait jeté une ombre persistante sur leur relation, elle était sa meilleure amie depuis l'enfance. À vrai dire, la seule !

— Nous irons saluer Mitsuko, cria-t-il à l'attention de Thad dont l'équilibre à peine retrouvé menaçait de rompre à tout moment. Tu te souviens d'elle ?

Oui, Thad se souvenait très bien. Rien qu'à entendre le nom de sa première geisha, celle qui avait précédé toutes les autres, en particulier celle de la rive gauche, son entrejambe se manifesta. Le moment était peut-être venu de se réapproprier son corps en le séparant des sentiments qui l'encombraient. C'était d'ailleurs Mitsuko qui lui avait enseigné l'art de faire l'amour sans s'impliquer mais avec application. Thad, resté chaste depuis des mois, fidèle au souvenir de Pam (souvenir salement amoché par sa maudite imagination) trouva la coïncidence tout à fait remarquable. Malgré l'ivresse dans laquelle il se maintenait depuis plusieurs jours, l'ironie de la situation ne lui échappa pas. Après avoir joué au yakuza pour de faux, il se sentait l'envie d'honorer une geisha pour de vrai. Pour la première fois depuis qu'il avait quitté Paris et la rive gauche, il esquissa un sourire.

Épaule contre épaule pour maintenir un semblant de trajectoire, ils remontèrent le district de Miyagawa-cho. Leurs pas lourds résonnaient sur les pavés disjoints. La nuit était tombée, quelques lanternes faiblement éclairées donnaient à ce quartier désert, abandonné au crépuscule de l'histoire, une ambiance fantomatique. Ils se présentèrent bruyamment à l'entrée de l'okiya

Oren et demandèrent à voir Mitsuko. Ils durent patienter une bonne heure, le temps nécessaire pour être reçu décemment, en dépit de leur arrivée tardive. Quand enfin elle parut devant eux, Thad et Nobu, endormis l'un sur l'autre, se réveillèrent en sursaut. Mitsuko salua poliment Nobu avec ce qu'il faut de distance pour lui signifier son mécontentement d'être ainsi tirée du lit sans avoir été prévenue. Ce manquement aux règles de bienséance élémentaire qui régentaient la vie d'une okiya était impardonnable pour un fils de geisha tel que lui. Mais quand elle vit qu'il était accompagné d'un invité – et quel invité ! – (Mitsuko le reconnut aussitôt) elle reprit, en une seconde, sa posture gracieuse et s'inclina devant Thad, la tête légèrement penchée vers la droite. Après avoir avalé une tasse de thé brûlant, servi à même le sol, Nobu finit par les laisser seuls non sans avoir tenté de partager avec eux sa conception de la camaraderie virile. Sans succès. Mitsuko se montra inflexible : il n'avait qu'à aller voir ailleurs si elle y était. Dépité, le géant du Nord s'était exécuté au grand soulagement de Thad et avait traversé la nuit en faisant escale dans les nombreux strip show de la ville. Décidément, Mitsuko avait la rancune tenace ? Il faudrait qu'ils s'expliquent à nouveau, se dit-il, la tête à hauteur du pubis rasé de la fille de la cabine numéro six qui exécutait sa triste danse devant lui.

Thad trouvait les préliminaires trop longs à son goût. Il voulut défaire le kimono de Mitsuko qui l'en empêcha. « Pas ici, dit-elle. Nous avons une nouvelle apprentie, je ne dois pas donner le mauvais exemple. Notre métier est suffisamment difficile et les vocations de plus en plus rares. Je ne veux prendre aucun risque. »

Comme pour les yakuzas ! Thad se demandait comment un pays qui avait à ce point codifié le crime (n'en déplaise à Nobu) et la prostitution (parce que Mitsuko et lui n'allaient pas se divertir autrement qu'en couchant ensemble pour un tarif exorbitant, enfin si elle le laissait ôter enfin son kimono, ce qui visiblement n'était pas gagné), bref, comment ce pays si bien organisé avait pu, à ce point, sous-estimer la question de la main-d'œuvre ?

— Il ne faudrait pas qu'il y ait de malentendus, poursuivait Mitsuko.

Thad grogna, insista en glissant ses mains sous l'étoffe de soie. Mitsuko se cambra, le ventre en émoi.

— Filons, ordonna-t-elle.

Dans un *rabu hoteru*, un *love hotel* prévu à cet effet (il suffisait de glisser la liasse de yens correspondant au temps d'occupation prévu dans le distributeur encastré dans la façade extérieure pour obtenir la carte magnétique de la chambre), ils reprirent là où ils en étaient restés. Mués par une espèce d'urgence, ils se jetèrent l'un sur l'autre et s'emboîtèrent en silence.

« Je fais là une piètre geisha », pensa Mitsuko quelques minutes plus tard quand elle sentit son plaisir naître sous les doigts experts de Thad. Mentalement, elle nota ses progrès depuis leur dernière rencontre. « Si mon élève me voyait, elle saurait que les principes d'éducation plient face au désir véritable », se répétait-elle tandis que le plaisir s'annonçait plus précis. Un léger tremblement au début mais la vague montait et se rapprochait. Un tsunami inversé : d'abord les répliques, suffisamment espacées pour être espérées avec inquiétude, puis de plus en plus rapprochées jusqu'à former le terrain de jeu du chaos, l'épicentre du grand séisme. Quelques secousses plus tard – en hommage au grand tremblement – le reflux s'amorça et puis plus rien. Rien d'autre que la plénitude. Ce *gaijin* était le diable.

Allongé sur le dos, les yeux accrochés au plafond rouge de la capsule – on ne pouvait décemment pas donner le nom de chambre à cet espace sans fenêtres, grand comme une couchette SNCF et conçu pour baiser rapido – Thad éprouva une tristesse immense, un dégoût de lui-même. Le souvenir de Pamela, telle une ombre portée observant ses faits et gestes, s'immisçait sous ses paupières et occupa bientôt tout l'espace jusqu'aux moindres recoins de son intimité.

Il avait pris ce qu'il pouvait prendre et donné tout ce qu'il avait pu donner. Sur ce plan-là au moins, il n'était pas rouillé, quoique... les geishas n'étaient-elles pas de remarquables simulatrices ? Peu importe, il sentait bien qu'il y avait quelque chose d'inachevé dans cette étreinte. Il était passé à l'acte par colère, mais le plaisir si vite éprouvé, si vite oublié, ne lui était d'aucune consolation. Faudrait-il à l'avenir renoncer à cela aussi ?

Chapitre V

*Quand Thad se fait sermonner
par Maître Po en personne.
Et ce qu'il advint*

Attablés dans un minuscule restaurant situé à deux rues de l'artère principale de Gion, Thad et Nobu se faisaient face en sirotant une bière de marque Sapporo. Le régionalisme du Japonais se nichait dans ce genre de détail. À Kyoto, Nobu s'habillait de manière traditionnelle et portait une ample veste de kimono gris foncé sur un large pantalon noir. Ainsi vêtu, rasé de près (sa mère ne tolérait pas la barbe), les cheveux remontés en chignon serré, il en imposait par sa prestance et sa beauté féroce. À côté d'eux, posé sur un meuble bas, trônait un aquarium surdimensionné compte tenu de la petitesse de l'établissement, dont l'unique occupant, une tortue de mer à l'air triste, écrasait sa tête contre la vitre dans l'espoir de participer à la conversation.

— Alors mon ami, la soirée a été... bonne ? s'enquit Nobu.

Il lui glissa un regard plein de sous-entendus. Thad, sans doute absorbé par la lecture du menu, s'abstint de répondre. Tu vas goûter aux spécialités de Kyoto. La meilleure cuisine du Japon, après celle de l'île d'Hokkaïdo bien entendu.

Pendant vingt minutes, Nobu joua les interprètes pour essayer de traduire le menu afin que Thad puisse faire son choix.

— Tu es sûr de parler japonais ? demanda Thad passablement hilare en voyant arriver sur la table basse des plats qui ne correspondaient pas du tout aux explications données.

— Parfois je me le demande moi-même, répondit Nobu. J'aimerais t'y voir avec tous ces mots qui ont un double sens et une triple interprétation.

— N'exagère pas. Tu t'es simplement fait avoir par le serveur qui t'a choisi les plats les plus chers. C'est partout pareil. Vous devriez faire comme au Yakitori de Saint-Brieuc et mettre des images sur les menus qui correspondent aux différents plats, comme ça tout le monde parlerait de la même chose.

— C'est pas idiot, répondit Nobu en avalant un plat d'anguille séchée dont la seule vue souleva le cœur de Thad. À moins que ce ne fût l'évocation du Yakitori.

Une fois rassasié, Nobu revint à la charge. Il voulait en savoir plus sur la nuit de son ami. Pouvait-il lui confirmer que les geishas japonaises sont incomparables, et que leurs consœurs expatriées sur la rive gauche pouvaient toujours aller se rhabiller ? Et dans le cas contraire, Thad aurait-il l'amabilité de lui dresser un tableau comparatif, une sorte d'étude de marché au cas où, d'aventure, il se rendrait à Paris ?

— La mienne est différente, elle n'est pas japonaise, répondit Thad.

— ... hum... ça explique qu'elle se soit donnée à toi pour rien. Je me demande si ça vaut le coup quand c'est gratuit...

— J'ai adoré chaque parcelle de sa peau, la plus petite ébauche du moindre de ses mouvements mais, chaque fois que j'entrais dans son corps, je sentais qu'elle pénétrait mon âme en retour, sans même s'en rendre compte. À force, ça m'a rendu fou. C'est à cause de cela, de cette emprise, que je l'ai quittée. Elle m'a offert son corps et moi je lui ai brisé le cœur. Je n'ai pas eu d'autre choix que de fuir jusqu'ici.

Nobu resta un long moment à contempler son ami. Celui-ci souffrait tellement.

— Ce n'est pas la passion qu'il faut étouffer mais la peur qu'elle t'inspire. Tu auras beau la fuir, cette réalité t'accompagnera partout jusqu'à ce que tu comprennes et que tu répares. C'est très grave de briser le cœur d'une geisha, je sais de quoi je parle... malheureusement. Si tu veux, proposa-t-il, tu peux t'installer chez moi à Sapporo. Je vais rester un peu avec ma mère. Près de chez moi, il y a une très belle plage au nord et, par temps clair, on peut apercevoir les îles Sakhalines. Le Grand Nord est le meilleur endroit pour réfléchir et trouver, peut-être, le moyen de réparer ce que tu as brisé.

Sur ces mots, Nobu se leva, prit son ami dans les bras (il aimait bien ces démonstrations viriles d'amitié à l'occidentale) et quitta le restaurant, laissant Thad en tête à tête avec la tortue et ses pensées les plus sombres.

Pendant les jours qui suivirent, les deux hommes n'évoquèrent pas une seule fois cette conversation. Malgré cela, Thad déclina prudemment les invitations de son ami à boire quelques verres, invoquant des migraines plus violentes que d'habitude. Il avait cru déceler une distance nouvelle dans l'attitude de son compagnon. Imperceptible, difficile à définir, juste une réserve un peu plus appuyée que ne le nécessitait réellement la politesse japonaise. Un reproche muet adressé à sa lâcheté. C'est avec soulagement qu'il s'installa dans le wagon du train qui le ramenait vers le Grand Nord.

Il existe différents moyens pour rallier Sapporo depuis Kyoto, le plus simple étant le vol intérieur, mais Thad choisit la voie la plus lente, il n'était pas pressé. Les cahots du train eurent raison de sa fatigue et il se sentit glisser dans un demi-sommeil. Pour la première fois depuis longtemps, il rêva de sa mère. Il se voyait enfant, il se sentait malade, il l'imaginait à son chevet.

Je te l'ai dit une fois, tu te souviens, murmurait Soizik d'une voix tendre qu'il ne lui avait jamais connue, en épongeant son front brûlant. Je t'ai dit que l'amour n'est pas une fin en soi, ni même un idéal. J'avais certainement raison... en théorie. Mais quand ça arrive, il faut l'accepter, le chérir, le protéger. Y renoncer devrait être mis au rang des crimes contre l'humanité. Tu as commis le pire crime contre toi-même.

Il lui fallut plusieurs minutes pour s'apercevoir que le train ne roulait plus. La locomotive s'était immobilisée pour ne plus repartir.

*
* *

Nobu n'avait pas menti. La plage immense s'étendait à découvert sur des kilomètres. Avec le vent du nord, le thermomètre devait approcher les − 10 °C. Par ce temps glacial, on aurait pu sans problème se croire aux confins de la Sibérie si proche. Les vagues se succédaient avec rapidité, presque nervosité. Aucune ne laissait à la précédente le temps de refluer proprement, de laisser sa trace immaculée sur le sable recouvert de givre. Elles se heurtaient les unes aux autres s'empêchant mutuellement d'avancer ou de se retirer, comme suspendues à une décision que quelqu'un devait prendre.

C'était marée basse. Le gris blanc du ciel et de la mer se confondait, on ne distinguait guère l'écume des nuages. Il ne tarderait pas à neiger. Le vent gémissait sans répit et le fracas lourd et assourdissant des vagues emplissait tout l'espace, répétait leur assaut féroce autant qu'inutile. La puissance du Japon d'avant le Japon...

Il était seul au monde. Cette pensée le fit jubiler et il se mit à se marrer comme un dément, excité par l'écho de son rire dans le silence.

Il n'aurait pas été surpris de voir apparaître l'ours sacré dont Nobu lui avait parlé. Avec un peu de bol, il se ferait bouffer tout cru, ce qui réglerait définitivement l'ensemble de ses problèmes. Alors qu'il rêvait à l'ultime combat qui mettrait fin à sa vie – il voyait presque les traces de sang sur la glace – quelque chose dans son cerveau lui enjoignit de faire demi-tour, au moment précis où il se mit à neiger. D'abord doucement, quelques flocons épais, cotonneux, jolis comme une réclame pour les chocolats Pyrénéens dont raffolait sa mère, mais qui se transformèrent vite en blizzard, dense au point de l'empêcher de voir au-delà d'un mètre. Il ne pouvait même plus contempler sa mort en face. À moins que... Une idée le traversa, nette, vertigineuse : rester là sans bouger, s'abandonner à cette nature déchaînée, faire corps avec elle et plus si affinité, au cas où l'ours tarderait à se pointer. Il s'était tellement laissé emporter par le besoin de bouger, de partir, n'importe où, n'importe quand, qu'il en avait oublié la nécessité de mettre ses mouvements au service d'un but. Il tomba à genoux, les yeux et les lèvres brûlés par la neige, le corps engourdi par le froid. Plus de passé pour le hanter, plus d'appréhension de l'avenir, plus de mensonges. La plénitude pour de bon...

Adieu Pamela. Je suis un guerrier, je ne crains pas la mort, je suis prêt, récita-t-il comme un mantra ultime, au fur et à mesure que le froid figeait son corps et gelait ses pensées.

C'est à ce moment précis qu'il entendit une voix lui répondre :

— En es-tu vraiment sûr ?

Thad ouvrit les yeux. Devant lui, dans un halo neigeux, se tenait le plus naturellement du monde Maître Po, le moine qui avait fait douter Petit Scarabée pendant toute sa scolarité.

— Vous n'êtes pas… ?

Il ne put terminer, il est des invraisemblances qui ne s'énoncent pas.

— Je dois être mort ou alors en état de mort imminente, admit-il, comme une concession faite à la raison.

Il avait souvent songé à la mort comme à un grand moment de calme et de solitude. Jamais, mais alors jamais, il n'aurait pensé avoir affaire à un passeur ressemblant trait pour trait à un personnage de série télévisée. Il entendit distinctement la voix le sermonner :

— Tu peux mourir ici, si tu le souhaites, c'est une question de quelques minutes.

— C'est très exactement ce que j'étais en train de faire avant que vous ne vous en mêliez, répondit Thad, un petit peu épouvanté par le son de sa propre voix. Même au bord du trépas, il n'allait pas se laisser engueuler sans réagir.

— Mais tu peux aussi décider de vivre, si tu en as le courage.

Sur ce, l'homme qui ressemblait comme un frère à Maître Po se dématérialisa et, comme par magie, la tempête s'arrêta. Exactement comme si quelqu'un avait eu l'idée d'appuyer sur le bouton de la télécommande. Ce fut tellement soudain que c'était à se demander si cette tempête avait existé ailleurs qu'à l'intérieur de lui-même. L'instinct de survie prit le dessus, il se redressa avec difficulté et se remit en marche, poussé dans le dos par un vent puissant. Le retour promettait d'être difficile. La plage recouverte d'une neige bleutée scintillait sous le soleil, l'horizon était complètement dégagé. « Je pourrais certainement apercevoir les îles Sakhalines avec ce temps clair », se dit-il en proie à l'exaltation de celui qui a échappé de justesse à un grave danger.

Chapitre VI

*De l'humiliation à voir ressurgir des peurs
enfantines. Surtout quand on est
tout nu dans une rivière*

Ses rares affaires jetées dans son sac de toile, ses cheveux soigneusement nattés, les pieds chaussés de confortables Rangers, Thad jeta un dernier coup d'œil à la cabane de son ami, qu'il avait rangée avec une méticulosité de maniaque, puis il ferma soigneusement la porte et se mit à marcher droit devant lui.

Devant la bâtisse de l'université de Sapporo (« un bâtiment exceptionnel », selon Nobu, un soir où il lui avait confié ses regrets de ne pas avoir eu l'occasion d'étudier) se dressait une statue en bronze grandeur nature de son fondateur américain. Sa devise *Boys be ambitious* était gravée sur le socle. La main droite de William S. Clark indiquait le lointain sommet du promontoire *Hitsujigaodka*, un espace vert à l'extérieur de la ville.

Thad y lut un message à son intention et se mit en route dans la direction indiquée par les doigts de sir Clark. Il devait purifier son âme, la réajuster. Alors seulement elle pourrait s'élever. En attendant, il partirait sur les routes comme Caine. Il se sentait calme, déterminé, sans autre but que d'aller à la rencontre de lui-même. Sa quête commençait.

Il quitta la ville, traversa des banlieues sinistres sorties de terre au moment des Jeux Olympiques d'hiver de Sapporo et commença à respirer à nouveau quand la nature reprit ses droits. En dehors de Sapporo et de quelques agglomérations de tailles moyennes, l'Hokkaïdo, essentiellement constituée de parc naturel, possède une nature préservée.

Le printemps progressait doucement, le ciel enfin libéré de sa gangue de brouillard était dégagé, l'air avait changé de parfum et la nuit de couleur. La journée, le vert des milliers de sapins gigantesques du parc du Daitzen se détachait sur le bleu vif du ciel et le blanc des montagnes. Dans l'air pur et transparent, le contraste des couleurs donnait au paysage un air de publicité grandeur nature pour les pellicules Fujichrome.

Il ne devrait pas neiger tout de suite. Cette pensée le réjouit et il marcha pendant plusieurs jours, en méditant sur sa situation actuelle, sa vie passée... La méditation en mouvement n'a pas vocation à faire le vide. Au contraire, méditer consiste à accueillir et observer les pensées qui se présentent sans les chasser, sans les juger. Thad réfléchissait à tout ce qu'il avait perdu : son enfance mais aussi les heures envolées, les pensées qui ne reviennent plus, les souvenirs qui disparaissent, les rêves qu'on a oubliés, les personnes disparues. Et parmi tout ce qu'il était possible de perdre dans l'existence, il y avait Pam. Le souvenir de la geisha de la Petite Boutique japonaise de la rive gauche résistait à toutes ses tentatives d'oubli.

Il faisait déjà sombre en cette fin d'après-midi, quand Thad s'arrêta dans une modeste auberge. C'était sa dernière halte avant de grimper vers le lac Mashu. Célébré dans de nombreux poèmes romantiques, ce lac à la présence inexpliquée – aucun cours d'eau ne s'y jette et aucun n'en sort – possède des eaux d'une telle transparence que contempler sa surface revient à regarder l'œil du monde. Il rêvait de ces eaux pures depuis plusieurs jours. Elles renfermaient, il en était certain, les réponses qui lui échappaient. L'auberge se trouvait dans les montagnes boisées environnantes, à plus de deux cent cinquante mètres environ au-dessus du lac.

La beauté du paysage était surnaturelle. L'endroit même où il se trouvait, entre ciel et lac, au sommet d'une montagne, mais en bordure de forêt était plus saisissant encore que tout ce qu'il avait pu imaginer.

Le dîner était servi à dix-huit heures trente, ce qui lui laissait le temps de prendre un bain dans une *onsen*, une source chaude naturelle en contrebas de l'auberge. Ses vêtements soigneusement pliés sur la rive, il se glissa dans l'eau jusqu'au cou et savoura l'air vif du soir qui descendait lentement. Seule sa tête émergeait de l'eau fumante et bleue ; il tira la langue pour saisir au vol les derniers flocons de neige d'avril. Que dire de plus ? Il ferma les yeux de contentement.

Nu, perdu dans ce printemps neigeux, il essaya de penser à Pam avec détachement, pour voir où il en était. Ce ne fut pas très concluant.

Il leva les yeux, fixa un point à l'horizon, tenta de faire le vide dans son esprit mais le manque comme le désir perduraient.

D'un coup le soleil se noya et l'obscurité annula d'abord les détails puis les contours des choses. Les arbres prirent soudain des allures menaçantes. Leurs troncs lugubres, en rang serré, formaient une armée des ténèbres. Thad les sentit s'animer, se mettre en mouvement, ils allaient bientôt le trucider de leurs branches acérées, l'engloutir sans laisser de reste. On ne retrouverait jamais son cadavre, si tant est qu'il y eût quelqu'un sur cette terre pour le chercher. Sa mère ne pourrait le pleurer faute de corps à inhumer... ou de larmes à verser. Il se souvenait vaguement que les forêts absorbent le gaz carbonique pour recracher de l'oxygène. N'était-ce pas l'inverse qui se produisait la nuit ? Les arbres n'allaient-ils pas lui voler son air, l'asphyxier petit à petit jusqu'à ce que mort s'ensuive ? Combien de Ronins, ces samouraïs sans maître errant dans les forêts, s'étaient baignés à la belle étoile dans ces bois ? Et cette sanglante bataille entre les Aïnous et les samouraïs, n'était-ce pas précisément ici qu'elle avait eu lieu ? Pris au piège de ses angoisses les plus intimes, il chercha à se concentrer sur son *hara* et sa respiration, pour cela il lui fallait une pensée claire et lumineuse à laquelle se raccrocher. Pamela s'imposa. Il se mit à alléger cette pensée de tout ce qui l'encombrait. Il réussit parfaitement l'exercice car à la fin Pam, dépouillée du superflu, se tenait nue devant lui. Il pouvait sentir la chaleur de son corps, l'odeur de son ventre, le goût de sa bouche. Il était temps de sortir de l'eau.

Chapitre VII

Où l'on apprend que Richard Chamberlain est plus crédible dans Les Oiseaux se cachent pour mourir *que dans* Shogun.

Il fallait vraiment être japonais, habitué depuis l'enfance à s'asseoir dans cette position pour la supporter. Lentement, insidieusement, il sentait son corps se crisper, ses muscles s'engourdir et se tétaniser. La douleur emprunte parfois de bien curieux chemins, réactivant au passage de drôles de souvenirs avec une quantité de détails parfaitement inutiles. Comme ces mercredis après-midi passés au catéchisme. La petite salle attenante à la crypte, un curé au débit monocorde et un banc en bois dur sur lequel il fallait rester assis des heures, le dos bien droit, sans bouger.

Le corps possède une mémoire qui lui est propre et, s'il est facilement admis qu'une odeur ou une mélodie est capable de faire instantanément voyager dans l'espace et le temps, les muscles malmenés peuvent parfois ramener à la source un souvenir douloureux, mais c'est plus rare et moins fiable. La douleur fait souvent perdre la raison, d'où le développement partout dans le monde de techniques de tortures sophistiquées avec une mention spéciale pour les pays d'Asie qui ont élevé la cruauté au rang d'art en cultivant des spécificités régionales, comme pour la cuisine. Ces horribles supplices font avouer n'importe quoi, reconfigurent la mémoire, créent de nouveaux souvenirs. Les heures passées au catéchisme étaient-elles à ce point insupportables ? Probablement pas ! En attendant, Thad souffrait. À genoux depuis des heures, les fesses posées sur les talons : attendre, se concentrer, méditer. Malheureusement, une fois que le mal a signalé sa présence, il est difficile de faire celui qui n'a rien remarqué. Accueillir et observer... Thad choisit d'observer le mouvement de sa douleur, à défaut de pouvoir lui refuser le droit de visite. Elle avait commencé par brûler ses chevilles puis, remontant le long de ses mollets, elle s'était installée un moment au milieu des cuisses en un point de contracture précis, dédaignant le bassin et les lombaires (pour mieux y revenir par la suite) ; elle filait le long de la colonne vertébrale, faisant le tour de son cou, vrillant son crâne, elle cognait avec insistance à la porte de son esprit. Quiconque s'est plié à l'exercice sait qu'au début on pense que ça va passer, qu'il s'agit seulement d'une épreuve passagère. On essaye de bouger les orteils en espérant que personne ne le remarquera. Peine perdue, c'est impossible. Et c'est bien là toute la beauté ou plutôt la cruauté du *sesuka*.

L'inconfort, la douleur lancinante font partie de l'expérience. Le but étant d'appréhender le monde autrement, pour mieux se rendre compte de ce qui cloche. Jusque-là, Thad n'avait eu qu'à se féliciter de sa souplesse, de sa capacité de concentration, de son talent à feindre l'immobilité. Mais, assis sur la pierre dure qui dallait de manière irrégulière la cour intérieure du bâtiment en compagnie d'une trentaine de moines, il n'arrivait pas à tenir la position plus d'une demi-heure. C'était vraiment humiliant.

« L'humilité fait partie de l'apprentissage », lui avait-on expliqué à son arrivée. Ce qu'il savait déjà en se présentant aux portes du monastère Chuson-ji au nord-est de l'île d'Honshu. Il pensait alors affronter des moines Shaolin en combat singulier et prendre un certain nombre de raclées spectaculaires comme dans les films de kung-fu. Le genre d'humiliation qui aurait eu de la gueule pour un guerrier.

C'est le plus âgé des très vieux Kendoka du dôjô de Sapporo qui lui avait indiqué ce temple.

— C'est là-bas que j'ai fait mon apprentissage, avait-il expliqué à Thad d'une voix douce après l'avoir atomisé lors d'un entraînement. Les deux hommes buvaient leur thé vert, assis sur les tatamis de la salle d'entrée du dôjô.

— Dans cet endroit en dehors du temps, protégé du tumulte du monde, on apprend à repérer et à dompter l'orgueil caché derrière la honte. On y apprend surtout l'humilité, la vraie, celle qui consiste à accepter son sort, à vivre avec son destin. Tu devrais y faire une retraite » avait-il suggéré à Thad.

Cet ancien pilote kamikaze savait de quoi il parlait. Il ne s'était jamais remis d'avoir été rappelé par son camp de base quelques minutes seulement avant que l'ensemble de son escadrille ne s'écrase sur le Yorktown, un magnifique porte-avions dont les flancs étaient remplis de soldats américains. Tous ses camarades périrent le 5 juin 1942. Il lui avait fallu survivre au fait d'être vivant tout le reste de son âge avec la honte de n'avoir pu accomplir sa mission. Ce qui commençait à faire un sacré bail. Pour réapprendre l'humilité, le malheureux kamikaze chanceux était retourné au monastère de son enfance, lieu d'apprentissage et d'excellence, symbole de ses belles années, celles d'avant la honte.

— Je peux te faire une lettre de recommandation. Tu y trouveras la discipline que tu cherches et, si tu as de la chance et que tu travailles sérieusement, tu gagneras en équilibre ce qui t'évitera de t'effondrer comme un enfant qui fait ses premiers pas chaque fois que je m'approche de toi, avait-il conclu entre deux gorgées de thé brûlant qu'il avalait comme qui rigole.

Sur le coup, malgré une troublante similitude avec le parcours de Caine, Thad s'était senti trop humilié par la double raclée physique et morale que lui infligeait ce vieux spécimen, abandonné dans le crépuscule de l'histoire, pour accepter. Mais après l'épisode de la plage gelée et l'expérience quasi mystique qu'il avait vécue dans le blizzard, il s'était mis en quête du fameux monastère, convaincu que c'était là-bas qu'il trouverait sa Voie et ses réponses. Personne ne venait au Japon par hasard. Il n'avait tout de même pas quitté son seul amour pour finir ses jours à faire le zouave dans un dôjô du Grand Nord, au milieu d'une bande de vieillards ivrognes. Ni pour jouer au yakuza breton qui se tape de la geisha authentique en se donnant ainsi l'illusion d'être un samouraï. Il ferait le chemin de Caine à l'envers. Certes, il ne quittait pas le Texas pour revenir en Chine – il avait pris de salutaires distances avec la série – mais son périple de Saint-Brieuc à Honshu en passant par Hokkaïdo constituerait par défaut sa légende.

— Attendez-moi, implora Thad, qui avait le plus grand mal à suivre le vieux moine désigné pour lui servir d'enseignant. Celui-ci grimpait à toute vitesse le sentier à flanc de montagne qui conduisait au sanctuaire le plus haut du monastère. Il était six heures et demie, le soleil n'allait pas tarder à se lever, pas question d'être en retard. Le moine allongea sa foulée, intensifia le rythme de sa marche, Thad s'accrochait pour ne pas se laisser distancer. L'endurance des octogénaires dans ce pays était ahurissante. Encore deux lacets et ils arriveraient enfin au sommet.

Pendant des semaines, le moine facétieux avait disparu juste avant l'arrivée, ce qui plongeait Thad dans un profond désarroi. Chaque fois, il essayait de le garder en ligne de mire, et chaque fois le vieillard se volatilisait avant ou juste après le dernier virage. Thad entendait alors les dix cloches du sanctuaire tinter les unes après les autres pour signifier que le soleil se levait, que la prière devait commencer et surtout que le moine était déjà arrivé devant l'autel. Il l'accueillit avec ce sourire qui ne le quittait jamais, le sourire de la compassion mêlée toutefois, Thad en jurerait, d'une pointe de malice. Une façon de lui faire comprendre qu'il restait du chemin à parcourir, de l'agilité et de la souplesse à retrouver, de l'endurance à gagner mais que rien n'était tragique, ni définitif, dès lors qu'on laissait de l'espace pour la joie. L'effort, la méditation, la discipline, l'austérité doivent se pratiquer dans la joie et la confiance. Deux états que Thad n'avait guère eu l'occasion d'éprouver dans sa vie. Si ce n'est en présence de Pamela...

Le moine récitait ses prières, brûlait de l'encens, purifiait son esprit en ramenant la fumée vers sa tête à l'aide de ses deux mains. Thad s'asseyait et, porté par le rythme de la voix, se concentrait sur sa respiration. Il ne cherchait plus à « faire » le vide mais à laisser le vide monter en lui. Il éprouvait enfin ce que Nobu avait vainement tenté de lui expliquer :

— Il ne faut rien attendre de la méditation, rien chercher, il faut la laisser monter en soi. Parfois ça vient, parfois non, il faut l'accepter, surtout ne pas en faire toute une histoire mais recommencer le lendemain.

Désormais, il comprenait un peu plus le sens de ces paroles. Il resta longtemps assis devant le bouddha en pierre dont la figure semblait changer d'expression à mesure que les rayons s'intensifiaient. C'était troublant de voir un visage figé prendre vie de la sorte, vraiment troublant.

Tout à coup, le moine se leva sans un mot, il était temps pour eux de redescendre. Sur le chemin du retour, Thad avait le droit de poser ses questions, le moine choisissait d'y répondre ou pas.

— *Senseï*, quand pensez-vous que je serai prêt à combattre ?

— De quel combat parles-tu ?

— De celui qui mène à la Voie du samouraï.

— Tu fais référence à Miyamoto Musashi ? Oublie ça. Ici, nous sommes sur les anciennes terres du clan Nabeshima, et nous suivons l'enseignement de l'*Hagakure*.

Le vieux moine s'arrêta au bord du chemin près d'un prunier, l'ombre légère des fleurs protégeait son crâne rasé d'un soleil désormais bien haut et il s'agenouilla en *sesuka*. Thad, se gardant bien de l'imiter, s'assit en tailleur, à distance respectueuse. Quand il était bien disposé, son maître aimait raconter des histoires, il aimait surtout les faire durer et Thad décida d'épargner les muscles de ses jambes mis à l'épreuve par la longue ascension et la très longue méditation du matin et d'assurer son confort.

— Bien que son existence fût longtemps gardée secrète, Yamamoto Tsunemoto figure parmi les plus grands de tous les samouraïs de ce pays. À la mort de son seigneur, il décida de se retirer dans une cabane de branchage et de se faire moine. Une façon de mourir aux yeux du monde dès lors que le suicide des samouraïs avait été interdit. Il prit le nom de Jôchô.

« Vraiment curieux chez les Japonais ce besoin de changer systématiquement de nom pour signifier qu'on a changé de vie », pensa Thad. Est-ce que cela produisait le même effet sur la personnalité quand le changement était imposé par autrui ? Quelle vie Soizic avait-elle espérée pour lui en le rebaptisant ? S'était-il montré à la hauteur de l'espoir maternel ? Sans doute pas car la barre que Soizic lui avait mise au-dessus de la tête était impossible à atteindre.

Imperturbable, le moine poursuivait son récit.

— Un jour, un jeune samouraï nommé Tashiro vint le trouver au milieu de sa retraite. De leur conversation qui dura... sept ans naquit le *Hagakure*. Lorsque Tashiro présenta à son maître les sept rouleaux correspondant à la transcription de leurs sept années d'entretiens, celui-ci lui ordonna de les brûler. Le disciple désobéit. Contrairement aux écrits de Musashi, il ne s'agit pas d'un texte philosophique obscur mais plutôt d'un guide spirituel montrant à un jeune homme le chemin à emprunter, les comportements à adopter pour devenir un samouraï.

Thad demanda alors si l'enseignement de l'*Hagakure* était valable pour n'importe quel jeune homme. Pour un Breton par exemple.

— C'est sans doute plus difficile, concéda le moine en se caressant le menton. Néanmoins, le point de départ est le même pour tous : la vérité de la Voie du samouraï, c'est la mort. Mais contrairement à Musashi pour qui la perspective du combat est omniprésente, Yamamoto Tsunemoto ne lie pas l'épreuve de la mort à l'art de la guerre mais à l'entrée dans ce qu'il nomme le « Haut Service ». Avant d'être un guerrier, le samouraï est un serviteur. C'est quoi Breton comme clan ?

Thad réfléchit. Il n'avait jamais pensé aux gars de Saint-Brieuc comme à des représentants d'un clan quelconque. Pourtant, il y avait comme des similitudes. Bien sûr, il fallait les chercher assez loin, cachés derrière ce qui pouvait ressembler à de la fierté, de la bravoure avec un zeste de patriotisme régional. Hormis la Bretagne, peu de chose existait aux yeux des Bretons. Et les images de Bécassine ou des marchands de crêpes aux abords de la gare Montparnasse – parce que c'est bien connu, les Bretons sont tellement cons qu'ils ne sont pas allés plus loin qu'aux alentours de leur gare d'arrivée – les ont rendus méfiants vis-à-vis des interprétations faciles. Exactement comme les Japonais.

Thad s'autorisa la question qui le tourmentait depuis bien longtemps. Bien sûr, il y avait un risque que le vieux se rebiffe et le gifle. Pour l'avoir vu faire à l'entraînement des novices, l'après-midi, Thad savait qu'il valait mieux pour sa sécurité se tenir à une distance suffisante.

— *Senseï*, comment expliquez-vous cette curieuse habitude de se donner la mort à tout bout de champ, dès que l'honneur est égratigné ? Si on ne devient samouraï que dans la mort, pourquoi s'encombrer l'existence avec toutes ces règles de vie si difficiles à suivre ?

Pas de baffe mais une réponse tranchante comme le fil du sabre.

— Tu confonds tout. Faire pleinement face à la mort permet le plus haut renoncement, permet de vivre dans l'honneur en se libérant de cette forme avilissante d'avarice existentielle qui nous pousse à nous économiser pour durer un peu plus.

Thad resta perplexe, le code de l'honneur japonais se révélait trop hermétique. Voilà bien une réflexion de vieux, pensa-t-il avec un léger mépris, lui qui n'avait jamais songé à économiser quoi que ce soit, d'aucune manière. Néanmoins, il inclina sa tête en signe de respect.

*
* *

Beaucoup plus tard dans la soirée, il se rendit dans le parc immense qui bordait l'ensemble des différents bâtiments de la zone des temples. Certaines parties étaient ouvertes au public qui venait prier et déposer des offrandes aux différents bouddhas, d'autres étaient réservées aux moines. Chacun consacrait une partie de la journée à travailler pour l'ensemble de la communauté. Thad, peu enclin à servir et guider les visiteurs, avait demandé à s'occuper du jardin. C'était un des rares endroits où il avait la paix, dans les deux sens du terme. Pour l'heure, il se tortillait sur lui-même, en proie à une agitation peu propice à l'état méditatif.

« C'est quand même curieux, chaque fois que j'essaie de faire de la place pour le vide, mes pensées s'emballent toujours dans la même direction et me conduisent à Pamela. Peut-être que si je changeais de position, je pourrais penser différemment ? » Il s'allongea alors sur le dos, le bassin calé sur les racines d'un magnifique érable, les pieds contre le tronc, de telle sorte que son regard n'ait pour horizon que les feuilles et les entrelacs de branchage. En se concentrant, il pouvait apercevoir un peu du bleu du ciel à travers les branches. C'était un joli spectacle que cette perspective inversée. Vraiment joli, il aurait dû essayer avant.

Plus il se concentrait sur le feuillage et plus le visage de Pam semblait se dissoudre au milieu de la végétation. D'abord les contours s'estompaient puis les traits, la bouche s'effaçaient, son rire s'éloignait, l'éclat de ses grands yeux disparaissait. Puis plus rien, rien d'autre que le vide. Celui-ci ne dura qu'une poignée de secondes car aussitôt le regret rappliqua pour occuper l'espace libéré. Quel dommage d'avoir sacrifié l'amour pour gagner une minuscule chance de trouver la Voie. Il commençait sérieusement à douter.

— Regarde les choses en face, tu ne seras jamais un samouraï.

Thad ne bougea pas. Ce devait être sa nouvelle position qui modifiait le cours de sa méditation.

— Par ici, au-dessus de toi Petit Scarabée, insista maître Po, perché en équilibre sur la pointe d'un seul pied, visiblement vexé d'avoir raté son effet.

— Encore vous ?! Ce n'était pas vraiment une question, plutôt un étonnement las. Pourquoi dites-vous que je ne serai jamais samouraï ? Ce n'est pas très encourageant, avec tout le mal que je me donne.

— Ton sacrifice est inutile. Ce n'est pas glorieux de renoncer à aimer juste parce que c'est difficile. Et tu ne peux pas revenir en arrière ni réparer quoi que ce soit. Il te faut avancer droit devant. Si tu regardes constamment en arrière, tu vas avancer de travers.

Thad, ça l'embêtait cette discussion. Droit devant, lui derrière... il y avait comme une impossibilité géométrique à progresser. Et puis, il avait passé l'âge de se faire appeler Petit Scarabée. Sa main tâtonna discrètement le sol à la recherche d'une pierre qu'il pourrait jeter à la gueule du vieux, histoire de le faire taire et de venger le vrai Petit Scarabée de toutes les humiliations subies. Il n'en trouva pas, dommage.

— Nous autres Asiatiques avons une pensée circulaire, nous raisonnons par cycle. Celui des saisons, du jour et de la nuit, de la vie et de la mort. Si tu penses en ligne droite, tu vas te heurter à trop de murs. Tu dois changer ta façon de penser, insista Maître Po dans un souci de pédagogie assez inattendu.

— Est-ce la clé pour devenir samouraï ? Changer ma façon de penser ?

— Oublie tout ça, les samouraïs n'existent plus, sans compter qu'ils sont tous japonais. Alain Delon mis à part. Quel homme exceptionnel..., ajouta-t-il. Néanmoins, il existe une autre voie pour atteindre ton but.

— Laquelle ?

— Tu pourrais devenir moine. Si tu veux mon avis, Richard Chamberlain est bien plus crédible dans *Les Oiseaux se cachent pour mourir* que dans Shogun.

— C'est une plaisanterie !

Il détestait ce feuilleton, le favori de sa mère qui exigeait qu'il lui cédât la place devant le poste à chaque diffusion. Les chaînes ayant pour mauvaise habitude de programmer régulièrement la saga australienne, il avait souffert en silence pendant des années. Il tenait le père Ralph de Bricassart pour personnellement responsable de ses difficultés relationnelles et amoureuses. Juste après Paul-Loup Sulitzer à qui il devait son nouveau prénom, et son père manquant à qui il devait la vie. Moine, romancier et déserteur n'étaient pas des options.

— Rappelle-toi l'histoire de Jôchô que ton maître t'a racontée tout à l'heure. Le moine est l'autre versant du samouraï que tu ne deviendras jamais. L'un et l'autre ne font qu'un en réalité. Donne une chance à cette idée... C'est une façon de te rapprocher de la Voie qui me semble plus dans tes cordes. Viser moins haut mais viser juste. Et quand tu auras suffisamment médité sur tes erreurs, alors ton passé donnera rendez-vous à l'avenir parce qu'à un moment tu repasseras au-dessus.

— C'est karmique ? hasarda Thad pour tenter de trouver un sens à ce qu'il venait d'entendre.

Cette proposition de réorientation professionnelle passait très mal pour qui a construit sa vie sur des rêves de gloire guerrière.

— Non, répondit maître Po, c'est juste la vie qui est faite ainsi.

Donc à un moment, je vais repasser au-dessus de Pamela... ou elle au-dessus de moi... Cette pensée prit une forme très précise. Sans doute pas celle que Maître Po devait avoir en tête. Il aimait bien l'idée de repasser au-dessus d'elle, en dessous aussi, devant, derrière... ça lui était égal, il aimait toutes les faces de son corps.

Il secoua tristement la tête pour en chasser les images : il était fortement improbable que le passé prenne l'apparence de Pam et pointe le joli bout de ses seins ici au nord-est d'Honshu. Rentrer dans les ordres pour que tout rentre dans l'ordre...

Il allait réfléchir à cette idée.

Troisième partie
Éducation d'une geisha

« Oie sauvage, oie sauvage,
À ton premier voyage
Quel âge avais-tu ? »

Kobayashi Issa, *Haiku*.

Petit chapitre

« Alice se mit à rire. Inutile d'essayer, répondit-elle ; on ne saurait absolument pas croire à l'impossible. Je prétends que vous ne vous y êtes pas suffisamment exercée, dit la reine. Lorsque j'avais votre âge, je m'y appliquais régulièrement une demi-heure par jour. Eh bien, il m'est arrivé, avant d'avoir pris le petit déjeuner, de croire jusqu'à six choses impossibles. »

Lewis CARROLL, *De l'autre côté
du miroir et de ce qu'Alice y trouva.*

Chercher Thad au Japon
Sans parler le japonais
Sans savoir où il se trouve
Sans avoir jamais voyagé
Cela ne faisait que quatre choses, mais elles étaient toutes vraiment impossibles.

Chapitre Premier

*Où l'on retrouve Pamela à mille pieds
en l'air avant un atterrissage brutal*

N'ayant jamais pris l'avion de sa vie, Pam était aux aguets. Il y avait tant de détails à observer. Le ballet parfaitement orchestré du personnel navigant, la charmante chorégraphie des conseils de sécurité la ravirent. Elle crut défaillir à la vue des hôtesses de l'air de la Japan Air Line. Élégantes, courtoises, gracieuses, leur gentillesse semblait sans limites. Chacun de leurs gestes, leur façon de verser le thé dans des gobelets en plastique comme s'il s'agissait d'exquises porcelaines, enchantaient Pamela. Et leur tenue...

Au début du vol, elles portaient un tailleur bleu marine, rehaussé d'un élégant foulard bleu ciel noué à droite, leurs cheveux strictement plaqués, raie à gauche, étaient coiffés en chignon bas sur la nuque. Pendant le voyage, sans que Pamela puisse situer le moment exact, elles tombèrent la veste, révélant une mini-robe bleue à col blanc et non pas une jupe comme elle l'avait tout d'abord pensé. Elles avaient poussé le raffinement jusqu'à changer de foulard, ceux-ci étaient mauves et désormais noués sur le devant. Le plaisir évident qu'elles avaient à porter l'uniforme était contagieux et Pam espérait secrètement un nouveau changement de tenue.

Les multiples annonces faites successivement en français et en japonais lui donnèrent l'impression vertigineuse de devenir parfaitement bilingue au fil des heures. Plus tard, quand l'ensemble des passagers eurent dîné, bu, regardé un premier film puis un second, la cabine fut plongée dans l'obscurité. La plupart des autres passagers, visiblement rodés à cette routine aérienne, s'étaient endormis. Si ce n'était le bruit sourd et constant des réacteurs, on pouvait dire que le calme régnait. Pamela obligeait ses grands yeux à rester bien ouverts pour mieux réfléchir à la suite des événements. Et si ce Japon tant aimé, tant de fois imaginé, ne lui plaisait pas ? C'était une hypothèse à envisager.

Avec sérieux et honnêteté, elle repassa dans sa tête tout ce qu'elle avait en commun avec ce pays : elle aimait les sushis, elle savait manger très proprement avec des baguettes, elle pouvait soigner les bonsaïs, préparer le thé, elle connaissait les bases de la calligraphie et de l'Ikebana, elle appréciait les haïkus. En français uniquement, est-il nécessaire de le préciser ?

Elle avait vu trois fois le film *Mémoires d'une geisha* au cinéma et avait été profondément attristée que les rôles principaux soient tenus par des actrices chinoises. Mme Atsura lui avait donné raison.

À l'évidence, la langue serait un problème et les insulaires sans doute très différents des Japonais du quartier de l'Opéra avec leur français impeccable. Pam savait surtout dire « bonjour » et « merci ». Certes de plusieurs façons ; elle connaissait les différentes nuances de ton et de vocabulaire qu'il convient d'employer selon l'âge et le rapport hiérarchique que l'on entretient avec son interlocuteur, mais cela restait grandement insuffisant. Pam prit alors conscience de son impossibilité à communiquer avec qui que ce soit ainsi que des conséquences que ne manquerait pas de produire cette barrière linguistique.

Son seul sésame était Keiko et l'idée de lier son sort à celui de l'exaspérante Barbie platine qui dormait à côté d'elle, la bouche grande ouverte, n'avait rien de rassurant. Le Dr Atsura s'était montré catégorique – Keiko l'accompagnerait – mais subtil – Pam aurait-elle la gentillesse de supporter la présence de Keiko à ses côtés ? Il lui semblait important que sa fille séjourne dans son pays et Pam leur rendrait un immense service, à lui et son épouse, en acceptant sa compagnie durant son périple.

Elle se remémora les paroles du Dr Atsura quand il les avait conduites toutes les deux à l'aéroport, les bras chargés de présents à remettre à son frère, à la femme de celui-ci, à ses neveux, sa nièce ainsi qu'à une cousine de sa mère encore en vie, qu'il faudra visiter à Osaka, berceau de la famille Atsura. Les paquets étaient magnifiques avec de savants plissés de papier de soie.

— L'emballage signifie l'intention, il symbolise l'importance du geste, bien plus précieux que le cadeau. Prends-en bien soin.

Elle devait admettre qu'elle ne pigeait pas toujours tout ce que racontait le Dr Atsura. Cette histoire d'emballage n'était pas à prendre à la légère et avait sans aucun doute une signification cachée. Elle essaya de se rappeler les paroles de son *dana* à propos du *ushi-soto*, littéralement le « dedans dehors » des Japonais.

Ushi, le dedans, l'intime, l'intérieur de soi, de son clan et *soto* le dehors, l'extérieur, l'étranger. Ou bien était-ce l'inverse ? Elle ne savait plus. Elle se souvenait seulement que c'était très important, le Dr Atsura lui avait demandé d'être attentive si elle voulait comprendre la noble mentalité bien que complexe de ses compatriotes.

L'avait-elle été ? Sans doute insuffisamment.

Il y avait cette histoire de façade de maison, le *tatemae* qui désigne ce que l'on montre et le *honne*, l'intime, qui doit rester caché. « Tu dois apprendre à lire le *honne* de l'autre et le respecter, derrière le visage du *tatemae*. » Tels étaient exactement les mots qu'il avait prononcés. Franchement, elle était mal barrée.

Les images successives de son Japon personnel, fabriquées de bric et de broc, crevaient comme des bulles de liquide vaisselle au fur et à mesure qu'elle se rapprochait du but, en l'occurrence du sol.

L'atterrissage à Narita, l'aéroport international de Tokyo, était imminent mais Keiko refusait de se réveiller. Dans l'épais silence de la carlingue, à des milliers de pieds en l'air, sa belle âme de geisha de Melun-Sénart parfaitement emballée à l'intérieur de son corps de poupée, Pamela se mit doucement à paniquer.

*
* *

Le nez collé à la vitre du taxi qui roulait à vitesse raisonnable sur l'autoroute reliant Narita à Tokyo, elle observait en silence la déprimante succession d'usines, de routes, de voies ferrées et d'immeubles gris. À certains moments, les nombreuses autoroutes qui traversent la gigantesque agglomération s'empilaient les unes sur les autres pour mieux se séparer au niveau d'intersections géantes à une cinquantaine de mètres au-dessus du sol. Le brouillard était si dense que, prisonnière de cette masse épaisse et grise, Tokyo ressemblait à une mariée fantôme terrifiante. « Les trajets des aéroports aux grandes villes sont toujours moches et déprimants », l'avait prévenu Yvon dont l'expérience internationale se résumait à un séjour linguistique à Santander mais qui nourrissait ses insomnies de documentaires intelligents sur des sujets aussi pointus que les méfaits de l'accélération des transports routiers en milieu urbain.

Grâce au Dr Atsura, une chambre les attendait dans un hôtel confortable du quartier chic de Nihombashi. Chaîne hi-fi reliée à des baffles encastrés dans la salle de bains, baignoire jacuzzi qui changeait de couleur, écran plat, vidéo à la demande... Keiko ravie battait des mains devant chaque nouveau gadget tandis que Pam s'efforçait de masquer sa déception. Elle qui rêvait d'espace vide, de cloisons de papiers immaculés, de sol recouvert de joncs tressés, de *kaïdan* et de *misuïa* comme ceux qui meublaient l'appartement des Atsura, elle s'était attendue à quelque chose de moins moderne, de plus traditionnel, de plus... japonais tout simplement.

Après avoir commandé deux club-sandwichs au room-service, Keiko s'enferma dans la salle de bains, s'extasiant à voix très haute devant le génie japonais qui en plus du PQ de luxe dont le tissage soyeux procurait des sensations à nulle autre pareille, avait inventé les toilettes chauffantes munies d'une commande qui permet de choisir la direction et la puissance des jets de rinçage, de séchage... mais aussi le fond sonore – bruit de cascade, musique pop ou classique – pour masquer les bruits naturels, « de la vraie musique de chiotte », déclara Keiko, hilare. Pam entendit les robinets couler à flots et la musique à fond. Elle n'avait pas le courage de défaire ses bagages, ni de troubler l'ordre de cette chambre dépouillée dans un style néonippon glacial avec ses lits jumeaux parfaitement symétriques. Seule la moquette grise mouchetée de noir, si épaisse qu'elle lui donna immédiatement envie d'y plonger ses orteils, lui parut accueillante. La chambre était au quatorzième étage, une hauteur vertigineuse comparée à son studio niché sous les toits d'un immeuble qui n'en comptait que six. Au fur et à mesure que le jour déclinait, la ville se transformait sous ses yeux en casino géant. Les façades grises se couvraient d'enseignes lumineuses, des publicités gigantesques se mirent soudain à clignoter depuis les trottoirs jusqu'aux sommets des gratte-ciel. En dépit du vertige, elle se colla à l'immense baie vitrée, verrouillée pour raisons de sécurité, fascinée par les néons. Était-ce une hallucination qu'il fallait mettre sur le compte de la fatigue mais Pam aurait juré voir une tour Eiffel rouge métallisé qui semblait lui signifier « tu ne t'attendais pas à me retrouver ici … ». Le vertige la saisit pour de bon, elle recula, s'assit au bord d'un lit, les mains posées à plat sur ses genoux bien serrés, elle prit une inspiration profonde, chassa l'air de ses poumons et recommença l'exercice jusqu'à ce que son souffle redevînt régulier.

Quand sa poitrine se souleva et s'abaissa à un rythme qui lui parut convenable, alors seulement elle ferma les yeux et laissa déborder ses larmes.

— Mais que fais-tu là Pamela, où est Bobby ?
— Je ne sais pas J.R., il a disparu, je suis à sa recherche.

Chapitre II

Où l'on vérifie une loi injustement méconnue : l'angoisse se dissout dans l'eau chaude

Dans la lumière qui filtrait à travers les persiennes électriques, Keiko dormait d'un sommeil de plomb et ne semblait pas disposée à ouvrir les yeux avant longtemps. Ce n'était pas plus mal, Pamela descendit tranquillement à la salle de restaurant pour prendre son petit-déjeuner.

Malgré sa bonne volonté et son désir de s'immerger dans la culture japonaise, elle ne se sentit pas capable d'avaler du poisson grillé, des boulettes de haricot rouge et une soupe miso dès le réveil. Elle comprenait mieux pourquoi le Dr Atsura leur avait choisi un hôtel international et lui en était reconnaissante.

Le thé était délicieux, elle avait choisi du *Genmaicha*, un thé vert amer au léger goût grillé de riz torréfié, parfaitement adapté pour son premier repas au Japon. Son estomac rempli d'une énergie nouvelle, elle décida de commencer aussitôt ses recherches malgré le décalage horaire qui brouillait sa lucidité. Sa détermination pallierait ses insuffisances de sommeil, voilà tout. Et puis Pamela avait toujours sincèrement pensé qu'il suffisait de vouloir très fort pour que son désir soit exaucé. Puisqu'elle avait réussi à se rendre au Japon, il allait de soi que l'univers allait s'organiser et le destin se mettre en mouvement pour que son chemin croise celui de Thad. Au coin d'une rue, devant un temple, au fond d'une cour en train de s'exercer au kendo, l'art féroce du sabre. La rencontre était imminente, il suffisait de sortir.

Dehors, la ville ressemblait à un labyrinthe composé de cubes bien distincts les uns des autres « en raison des risques sismiques », avait expliqué Masako, un jour qu'elle lui parlait de l'impermanence japonaise intimement liée aux tremblements de terre. Au-dessus de sa tête, le ciel ardoise, sans le moindre espace entre les nuages, renforçait cette sensation d'étouffement. À nouveau le brouillard matinal enveloppait Tokyo de tout son poids. Les immeubles ressemblaient à des danseuses de music-hall au petit matin, sans maquillage. Délestées de leur costume à paillettes, les façades aux couleurs électriques entrevues la veille ne clignotaient plus. Pamela trouva ce gris presque beau dans son absence de nuance, un peu comme en région parisienne. Sur les trottoirs, une foule dense et disciplinée semblait obéir à un ordre supérieur lui enjoignant de se déplacer au plus vite dans la même direction. Des milliers de gens marchaient côte à côte, se frôlaient, se croisaient sans jamais se heurter dans une chorégraphie qui semblait ne jamais devoir cesser. Pam sentit l'étreinte familière s'emparer d'elle. Les mouvements de foule, aussi ordonnés soient-ils, la terrifiaient. D'instinct, elle porta la main à sa gorge, sa poitrine, son estomac. Trop tard ! L'angoisse occupait la place, gagnait du terrain, connaissait son affaire. Pam savait que le mal gagnerait rapidement ses jambes et que la paralysie pouvait être totale. Elle devait agir sans plus tarder et rebrousser chemin vers l'hôtel mais très vite la chose apparut impossible tant Tokyo était un défi au sens de l'orientation. Le plan gracieusement mis à la disposition des clients à la réception de l'hôtel n'était d'aucun secours car les cartes japonaises peuvent avoir n'importe quelle orientation, ce qui les rend incompréhensibles. Le plan que Masako Atsura lui avait offert avant de partir aurait été bien plus utile, il était malheureusement resté dans la chambre.

Pendant des heures, elle essaya de retrouver son chemin dans cette ville hostile à force d'étrangeté qui n'affichait ni nom de rue, ni aucun numéro sur les bâtiments et se présentait tel un rébus indéchiffrable. Les rues immenses semblaient n'avoir ni début ni fin. Elles se croisaient en d'admirables intersections à la géométrie parfaite, à croire que la ligne courbe avait été bannie par des générations d'urbanistes. Au-dessus d'elle, le ciel s'obscurcit davantage, la densité des nuages annonçait la pluie. Les piétons ouvraient machinalement leur parapluie. Tous en avaient un.

La pluie japonaise, dense et glaciale, se déversa d'un coup sur sa tête.

*
* *

Le chauffeur de taxi baissa la vitre, toucha la visière de sa casquette en guise de salut et, du bout de ses doigts gantés de blanc, attrapa la carte de l'hôtel que lui tendait la jeune fille trempée jusqu'aux os. « Pourquoi les touristes n'ont-ils jamais de parapluie ? », se demanda-t-il.

L'hôtel en question se trouvait à peine à cinq cents mètres. Inutile de la prendre en charge ; avec les sens interdits et la circulation, elle irait plus vite à pied. Il fit des gestes pour indiquer le chemin, très facile à trouver, juste à côté du cinéma. La fille ne comprenait visiblement rien à ses explications et restait plantée là sous l'averse. Elle ressemblait à une statue délicate et délavée. Quand il fit mine de lui rendre sa carte et de redémarrer, il s'aperçut qu'elle pleurait. À moins que ce ne fussent des gouttes de pluie.

Le chauffeur de taxi eut alors envie de jouer les héros.

— Montez, dit-il.

Quand il vit qu'elle ne comprenait pas davantage, il déclencha l'ouverture automatique de la portière arrière de sa voiture et fit un geste pour l'inviter à s'asseoir.

Quelques minutes plus tard, ils étaient arrivés. Pam n'arrivait pas à croire qu'elle avait passé toutes ces heures à tourner en rond autour de l'hôtel. Elle reconnut les néons du cinéma juste à côté. Comment avait-elle fait pour ne pas les voir ?

À l'avenir, elle se montrerait plus prudente. « J'espère que Keiko ne s'est pas fait de souci et qu'elle n'a pas inquiété sa famille. »

Les Atsura... Pam réalisa qu'elle n'avait pas pensé un seul instant à les appeler pour leur dire qu'elles étaient bien arrivées, que tout allait bien. Elle n'avait même pas songé à les remercier.

Elle s'était laissé embarquer par son désir de retrouver Thad sans leur accorder la moindre pensée, ni leur exprimer sa reconnaissance. Prise de vertige, la tête lui tourna. Ce devaient être le froid et la fatigue à moins que ce ne fût la culpabilité... plus éprouvante encore.

La chambre était vide. Sans doute Keiko, lasse de l'attendre, était-elle partie faire les boutiques. Pendant son errance, le nombre ahurissant d'enseignes de luxe ne lui avait pas échappé. Keiko n'était sans doute pas étrangère au choix de ce quartier moderne et luxueux. L'angoisse puérile qui l'avait saisie quand elle s'était crue perdue pour toujours, la fatigue d'avoir tant marché eurent raison de ses dernières résistances. Elle mit de l'eau à chauffer pour son thé. Tandis que la bouilloire montait en température, elle se fit couler un bain moussant. Elle s'était montrée stupide, totalement irresponsable en partant ainsi au petit bonheur la chance, sans même réfléchir à la direction à suivre. Tokyo se révélait beaucoup plus complexe qu'elle ne l'avait imaginé. Elle n'était pas près de retrouver Thad si elle n'était même pas fichue de s'y retrouver elle-même. Au moment de glisser son corps frigorifié dans la baignoire, celle-ci prit une teinte bleu lagon.

Chapitre III

*Quand Pamela décide
de s'en remettre aux esprits
pour l'aider dans ses recherches*

À la tombée du jour Tokyo reprend ses allures de courtisane. Elle séduit pour mieux vous perdre. Malgré cette hostilité sous-jacente – Pam avait l'impression que la ville lui en voulait personnellement – elle se découvrit un esprit pratique qu'elle n'avait jamais eu l'occasion d'éprouver ni à Melun-Sénart ni sur la rive gauche.

À grand renfort de gestes et à l'aide de quelques dessins joliment calligraphiés, elle réussit à obtenir un annuaire des dôjôs de Tokyo. Le concierge de l'hôtel le lui apporta en regardant de travers cette Occidentale vêtue de manière traditionnelle. Son samouraï, elle en était persuadée, avait dû chercher un endroit pour s'entraîner. Il était très discipliné et pratiquait les arts martiaux tous les jours. « C'est une question d'hygiène et d'équilibre », avait-il expliqué un jour qu'elle s'étonnait de le voir fendre l'air de son minuscule salon, un sabre de bambou à la main, à la poursuite d'ennemis invisibles.

Ce temps-là semblait loin... Mieux valait ne pas trop se laisser aller ; la nostalgie est une grande dévoreuse d'énergie et elle avait beaucoup à faire.

Elle se concentra sur l'annuaire pour tenter de décrypter les *kanji,* idéogrammes qui défilaient en rang serré devant ses yeux, attendant une illumination comme Champollion devant la pierre de Rosette. Pamela savait bien que le hasard est cause de tout, qu'il décide de tout. Son seul espoir reposait donc sur le hasard d'une rencontre. Autant dire que celui-ci n'était pas bien épais.

Pour augmenter un peu ses chances, elle allait tous les jours brûler de l'encens dans un petit temple shinto coincé entre deux gratte-ciel, à deux pas de son hôtel. Elle n'était pas croyante. Ses parents étaient peu versés dans ce qu'ils qualifiaient volontiers de bondieuseries. Néanmoins, Sol ne boudait pas son plaisir devant les retransmissions des mariages et des enterrements des célébrités. Celui du prince Charles et de Lady Di à Westminster valait bien une messe de deux heures ! D'autant que Léon Zitrone commentait.

Pam s'inclina profondément devant le sanctuaire, bien assise sur les talons de manière à ce que l'alignement de ses mains et de ses genoux soit parfait, exactement comme elle l'avait vu faire dans un reportage à la télévision. L'encens piquait sa gorge et ses yeux.

Tenant beaucoup à sa dignité, elle lutta courageusement contre son envie d'éternuer. Elle convoqua les *kami,* pour qu'ils l'aident dans sa quête, s'excusant par avance de ne pas mieux parler leur langue : « Comme vous le savez, je ne suis pas très experte en prière mais je vous serais infiniment reconnaissante de bien vouloir m'aider. S'il vous plaît, dites-moi ce que je dois faire. »

À défaut d'avoir la foi, elle gardait en mémoire les précieux conseils de Masako à propos des esprits : « On ne sait jamais. »

Tous les jours, elle écrivait sur des petits rubans blancs destinés aux vœux, la prière qu'elle avait réduite à sa plus simple expression pour plus d'efficacité : « S'il vous plaît, aidez-moi à retrouver Thad. » Elle accrochait ensuite son ruban à l'entrée du temple comme le veut l'usage. Malgré ses louables efforts pour se fondre dans la spiritualité locale, les *kami* tardaient drôlement à se manifester. Les jours passaient sans que rien ne se passât. Pamela déprimait, le souvenir de Thad penché sur elle l'empêchait de respirer et de réfléchir. Elle ne manquait pas de bonne volonté, seulement et cruellement de stratégie et commençait à s'en rendre compte. « Comment ai-je pu croire que j'allais le croiser au milieu de trente-huit millions d'habitants », se répétait-elle en boucle tandis qu'elle arpentait la moquette de sa chambre à s'en brûler les talons. Keiko ne lui était d'aucune aide puisqu'elle disparaissait chaque matin sans que Pam ait la moindre idée de ce qu'elle pouvait faire de ses journées.

Quelques jours seulement après leur arrivée, elle avait mis son point sur les *i* : Pam vivait sa vie, cherchait son Thad, visitait les temples, entrait dans les ordres, bref faisait ce qu'elle voulait, elle n'était pas concernée.

Après cette mise au point, elle s'était levée calmement, avait pris son ignoble sac jaune en peluche Pikachu et avait fichu le camp.

Par la fenêtre, la tour Eiffel rouge, en réalité la tour de la télévision, rappelait à Pam que la rive gauche était bien loin et qu'elle était désormais bien seule.

Chapitre IV

*Où l'on en apprend davantage
sur les mystérieuses activités de Keiko.
Ce dont Pamela se serait volontiers passée*

Pam reprit sa quête là où elle l'avait laissée, débusquant les temples et les dôjôs planqués entre les gratte-ciel à la modernité étouffante, alternant prières et démonstrations d'arts martiaux. La variété des disciplines la stupéfia. On était très loin du jiu-jitsu enseigné à Melun-Sénart. À défaut d'apercevoir Thad, les démonstrations de kendo, aïkido mais aussi de jujutsu, aïkiken, aïkijo stimulaient sa combativité, renforçaient sa détermination ; elle repartait à l'assaut des rues avec une énergie nouvelle. Et lorsqu'elle sentait, en dépit de ses efforts, que le courage menaçait de manquer, elle se réfugiait dans le parc Kitanomaru qui offrait à son regard la grâce, l'équilibre et l'harmonie qu'elle recherchait aussi désespérément qu'elle cherchait Thad. Elle se rendait presque tous les jours dans ces jardins impériaux de l'Est en passant par la porte du Nord : Kitahanebashi-mon.

Elle savait son samouraï breton attiré par la beauté des jardins, peut-être était-il là quelque part en train de dormir sur un banc ? Elle l'avait remarqué, les Japonais dorment à peu près partout. Sous un Abribus, sur les bancs publics dans les jardins et dans les gares, sans que cela ne gêne personne et sans danger pour les dormeurs.

Le parc Kitanomaru protégeait le palais impérial de ses vingt et un hectares de nature sublimée et offrait une mise en scène magistrale de l'art du jardin : hauteur, volume, couleur, densité... les différences entre les espèces végétales y étaient merveilleusement utilisées pour créer des perspectives différentes. L'eau des douves et des étangs, la pierre des imposantes murailles du parc, le métal des statues... c'est l'harmonie du monde qu'elle découvrait représentée dans les jardins de l'empereur. Elle passait toujours à proximité de la statue équestre de Kusunoki Masashige, harnaché des pieds à la tête. Son *kabuto*, casque traditionnel de l'armure japonaise, lui donnait l'air d'un ange ou d'un démon exterminateur. Ce courageux samouraï combattit pour l'empereur Go Daigo et perdit la vie dans une bataille sans espoir contre la redoutable armée du shogun de Kamakura. À sa mort, Kusunoki Masashige devint le symbole du courage et de la fidélité à l'empereur. Le genre de guerrier qui fascinait Thad. C'était certainement un des meilleurs endroits où l'on pouvait espérer le débusquer dans ce parc. À moins qu'il n'ait préféré les jardins Rikugien plus au nord ou encore le jardin Koishikawa Kôrakuen, ahurissante oasis en plein centre-ville composée de cerisiers, de pruniers, d'érables, de lacs et de rizières. À eux seuls, les jardins excusaient la ville d'avoir cédé à la modernité. Pam venait s'y ressourcer, puiser l'oxygène et le courage dont elle avait besoin pour avancer. Perdue dans la contemplation de cet équilibre grandeur nature où chaque rocher, chaque point d'eau, le moindre nénuphar semblait avoir été placé là par un artiste afin de composer un tableau géant, absorbée par cette beauté au point de faire corps avec elle, Pamela sagement assise sur un banc de bois attendait que quelque chose survienne.

Comme cette chose tardait, elle rentra à l'hôtel. Keiko avait fini par réapparaître dans un état d'excitation indescriptible. La fille du Dr Atsura sautait sur le lit, battait des mains, hurlait ses conneries en japonais, se laissait tomber à la renverse, riant comme une hystérique, se relevant aussi vite qu'elle s'était laissée choir.

Prudente, Pam resta dans l'encadrement de la porte, histoire de garder une salutaire distance. Keiko exultait : elle avait trouvé du boulot. « Toute seule, comme une grande ! » Elle gagnait de l'argent en répondant au téléphone. Pam s'étonna, elle ignorait que Keiko cherchait du travail. Standardiste ? Pourquoi pas après tout.

Sans se soucier le moins du monde de l'endroit où Pam avait passé la journée, ni de ce qu'il advenait de ses recherches, Keiko continua sa description de poste.

— J'ai des conversations particulières. C'est complètement dément... ça ne me prend que la moitié de la journée... mes employeurs – des Coréens très sympas – sont enchantés de mes services... le seul truc, ce sont les bureaux... pas terribles mais bon... je pratique mon japonais et je gagne de l'argent en même temps. Elle lui glissa un regard innocent plein de sous-entendus. Une de ses spécialités.

Trop épuisée pour essayer de comprendre, Pam se dirigea vers la salle de bains. S'extraire du bruit, laisser couler l'eau chaude sur ses pensées, faire le vide et s'y dissoudre et surtout ne plus entendre Keiko !

C'était mal connaître la demoiselle qui n'avait pas l'intention d'en rester là.

— Tu n'as pas envie de savoir ? Tant pis, je te le dis quand même. Je raconte des cochonneries pas permises à des vieux qui ont au moins... trois fois mon âge, même plus si ça se trouve. Ça me rapporte un max, regarde. Elle sortit des liasses de billet de son sac en peluche.

Pam ne pouvait croire ce qu'elle entendait. Keiko continuait, indifférente à l'effet produit par ses paroles.

— En général, je commence par leur dire comment je suis habillée et de quelle couleur est ma petite culotte. Ils raffolent de ce genre de détails. Le plus drôle, c'est quand je leur dis que je n'ai pas eu le temps d'en changer avant d'aller à l'école et que je porte la même depuis deux jours. Je te jure, je les entends souffler comme des porcs au bout du fil, au bord de l'apoplexie. Ils me proposent des fortunes pour acheter mes culottes sales. Mon peuple est totalement dépravé, j'adore !

— Keiko..., murmura Pam.

— Non mais tu te rends compte de l'argent qu'on pourrait se faire si tu me passais les tiennes ? Ne fais pas cette tête, je ne les ai pas prises... Puis, reprenant son souffle et son monologue, en plus ils adorent ma façon de parler japonais à cause de mon accent français, tellement Paris, tellement *kawaï*. Tu devrais essayer, c'est trop drôle et vraiment facile. Ah mais j'y pense, asséna-t-elle, tu ne peux pas, tu ne parles pas suffisamment japonais. Quel dommage !

— Mais enfin Keiko, dans quoi t'es-tu embarquée ? Tu n'as pas besoin d'argent, tu as ton père... articula Pam.

— Ah non, la petite pute de mon père c'est toi, siffla Keiko en se redressant. Tu as peut-être l'habitude de lui servir le thé et d'ouvrir ton kimono pour obtenir ce que tu veux, mais moi j'ai ma fierté.

En prononçant cette dernière phrase, elle la regarda droit dans les yeux, et Pam y vit bien plus que du dédain. Elle reconnut l'éclat de la jalousie quand elle se teinte de haine. Elle connaissait cette lueur pour l'avoir croisée dans bien des regards lorsqu'elle habitait encore Melun-Sénart. Elle ferma les yeux un bref instant et revit ceux que lui jetait Patricia au lycée, ceux de certains clients du Yakitori... Toujours cette même lueur menaçante, entrevue dans les yeux des hommes quand elle leur signifiait qu'il n'y avait rien d'autre à attendre d'elle qu'une coupe de saké ou une tasse de thé.

La volonté d'humiliation n'est jamais aussi violente qu'à l'adolescence mais il faut croire que Keiko faisait des heures supplémentaires. Malgré les années passées, Pam pâlit sous l'insulte et vacilla légèrement sur le carrelage de la salle de bains. Elle essaya avec toute la douceur dont elle était encore capable d'expliquer à la poupée diabolique qu'il n'y avait pas nécessairement de fierté à faire de la pornographie au téléphone. Elle se risqua à évoquer le Dr Atsura et la honte qui serait la sienne s'il venait à découvrir la nature de son travail.

— Si ça se trouve, j'ai peut-être des clients importants de mon père au téléphone, la coupa Keiko. Mais ces porcs ne savent pas qui je suis, personne ne peut remonter jusqu'à moi. Les Coréens pour qui je travaille sont formels. D'ailleurs, j'ai pris mes précautions, j'ai un pseudo : Candy comme la blondinette débile qui fait rêver les enfants français et bander les pères de famille japonais. Puis, redevenant sérieuse : Tu vois, mon père ne le saura jamais et ce n'est certainement pas toi qui le lui diras, n'est-ce pas ?

Soudain, sans préavis ni signe annonciateur, ni rien du tout, elle changea de ton et d'attitude.

— N'en parlons plus. Dépêche-toi de prendre ta douche et allons dépenser l'argent que j'ai si mal gagné.

En un clin d'œil, Keiko s'était métamorphosée.

Bien qu'étonnamment concentrée, sa méchanceté était soluble dans le shopping. Les pires saloperies dont elle était capable (Pam était bien placée pour en connaître les variations multiples) ne résistaient pas à un centre commercial. Le phénomène se vérifia une nouvelle fois.

À peine franchi le seuil d'une enseigne Vuitton, Keiko redevenait instantanément une adorable écervelée nipponne comme on en voit des dizaines à l'angle de l'avenue George-V, sortant de leur temple, l'air extatique, des sacs monogrammés à la main.

Elle était ainsi redevenue une gamine sincère, sans une once de perversité, riant et battant des mains à l'idée de faire les magasins. Quiconque l'accompagnait dans sa transe acheteuse devenait sa meilleure amie. Pamela soupira, se raidit quand Keiko glissa son bras sous le sien, puis décida de ne plus prononcer un mot pour signifier sa désapprobation. Silence qui passa totalement inaperçu.

*
* *

Après s'être enivrée des parfums du luxe chez Takashimaya, le grand magasin le plus beau et le plus cher de Tokyo « ça vaut le Bon Marché », elle savait de quoi elle parlait, Keiko décida de changer de quartier et d'emmener Pamela à Shibuya.

La proposition ressemblait plus à un ordre qu'à une invitation mais Pam saisit cette opportunité sans faire la difficile, secrètement ravie de cette exploration nouvelle. Si ça se trouve,

Thad traînait peut-être quelque part dans ce quartier ultrabranché.

Question animation, Keiko n'avait pas menti. Des groupes de jeunes garçons habillés en gangsters, lunettes noires et longs cheveux décolorés, faisaient semblant de ne pas remarquer les gloussements émis par des grappes de filles habillées en poupées. Vêtues de robes à volants rehaussées de nœuds de satin géants, elles faisaient tournoyer leurs ombrelles avec des mines de personnages de dessins animés. Pam était effarée de découvrir pour de vrai les *lolicon*, ces fameuses femmes-enfants qui hantent l'imaginaire des Japonais. L'aplomb de ces filles agglutinées par groupe de cinq ou six, à moitié à poil, jupe de collégienne ras la culotte, avait quelque chose d'ahurissant. Étant donné l'heure tardive, il y avait bien longtemps que l'école était finie. On aurait dit des Keiko par milliers. Elle avait croisé sur la rive gauche des lolycéennes séductrices, jouant de leur féminité. Ici, tout le contraire ! L'idéal était inversé comme si, pour séduire, une femme devait ressembler à une petite fille fragile, irresponsable, une proie vulnérable.

— Il faut les comprendre, dit Keiko, répondant à la muette sidération de Pamela. Pour la plupart d'entre elles, les années de lycée resteront les plus belles de leur vie. Elles n'ont pas du tout envie de découvrir ce qui les attend après dix-huit ans. Encore deux ou trois ans et elles devront rejoindre la vie active, se trouver un mari et deviendront… toutes grises ! Certaines le savent déjà, alors le soir après le boulot, elles enfilent leur ancien uniforme d'écolière ou en achètent des neufs, très colorés, histoire de jouer encore un peu les prolongations.

C'était la première fois que Keiko exprimait un point de vue sur autre chose qu'un sac à main. Pam lui jeta un regard surpris. Pensait-elle à son sort de privilégiée parisienne ? Tout à coup, le comportement insupportable et parfois incompréhensible de la jeune fille prit une autre signification. Pamela venait de percevoir le *honne* de Keiko derrière le *tatamae*. À défaut de tout comprendre, elle sentait confusément que sa petite âme japonaise commençait à émerger. Vêtue d'un kimono qu'elle pensait traditionnel, elle avait cru se fondre dans le décor. Cette fois encore c'était raté. Au pays des poupées et des petits bandits, elle détonnait autant qu'à Melun ; intruse parmi les Japonais véritables.

Cependant, personne ne prêtait ouvertement attention aux deux jeunes filles dont l'une semblait tout droit sortie d'un livre d'histoire. Seuls les plus âgés, surtout les hommes, s'écartaient respectueusement pour la laisser passer. Certains audacieux la suivaient des yeux avec la nostalgie de ce qui n'est plus dans le regard.

— Allons par là, ordonna soudain Keiko en l'entraînant vers une place noire de monde pour s'arrêter devant une statue en bronze qui représentait… un chien.

— Pamela, je te présente Hachiko, dit-elle d'une voix solennelle comme si elle introduisait deux personnes, ou plus exactement une personne et un chien.

Le véritable Hachiko avait l'habitude d'attendre son maître, un professeur de musique, devant la gare, tous les jours à l'heure exacte d'arrivée du train. Quand son maître mourut, le chien inconsolable revint chaque jour à la même heure, au même endroit pendant dix ans. Il était devenu la mascotte de la ville et, quand il mourut à son tour, ses restes furent empaillés et exposés au Musée national de la Nature et des Sciences et les habitants du quartier lui érigèrent cette statue. C'est le meilleur endroit de Tokyo pour donner rendez-vous et attendre quelqu'un... Elle n'alla pas plus loin mais Pam comprit le message et se promit de revenir voir le chien. Il était fort probable que Thad connaisse l'endroit et son histoire.

Aurait-elle la patience d'attendre dix ans ?

— Allons boire un verre.

Keiko prit sa main d'autorité et l'entraîna un peu plus loin. Comme par enchantement, la foule compacte se volatilisa. Elles marchèrent une centaine de mètres, tournèrent à gauche, continuèrent encore. Pam faisait des efforts considérables pour se rappeler le chemin, au cas où.

— Ici, c'est bien, déclara Keiko.

Perplexe, Pam jeta un rapide coup d'œil à la devanture de l'établissement en tout point semblable à des dizaines d'autres qu'elles avaient dépassées sans s'arrêter : des vitres fumées derrière lesquelles on devinait un bar en bois avec des chaises hautes et quelques tables basses. Après tout, pourquoi pas celui-là ? se dit-elle.

Une fois installée, Pam prit une longue et profonde inspiration :

— Keiko, je voudrais voir de vraies geishas, leur parler, les regarder travailler mais je ne sais pas où les trouver. Je ne peux pas être ici, au Japon, sans essayer de les rencontrer, il faut que j'essaie, tu comprends ? J'ai toujours rêvé d'être comme elles, de vivre comme elles. Je veux juste les observer, même de loin. Tokyo est tellement... différent de ce que j'avais imaginé... Et pour répondre à l'objection que Keiko n'aurait jamais pensé à formuler, elle se justifia :

— Je suis à peu près sûre que Thad en a fréquenté par le passé. Si ça se trouve... (elle baissa d'un ton), il y est peut-être retourné. C'est une piste à explorer.

— Les geishas, ou ce qu'il en reste, ont déserté Tokyo depuis longtemps, elles habitent à Kyoto, l'ancienne cité impériale, en attendant de mourir pour de bon. Franchement Pamela, qu'est-ce qu'une fille comme toi a en commun avec les geishas ? À part bien sûr se faire sauter par un vieux Japonais plein aux as... Regarde-toi, tu n'es pas une geisha Pamela, tu n'en seras jamais une. Tu es juste... déguisée, comme les filles qu'on a croisées tout à l'heure. Puis après un temps d'hésitation : Comme moi... Nos panoplies sont seulement différentes.

Un serveur, habillé en Albator, cape et balafre comprise, s'approcha de leur table et Keiko passa la commande.

Chapitre V

Où l'on réalise qu'il suffit parfois de prendre le train pour changer de perspectives

Pour la troisième fois de son existence, Pamela ne bougeait plus de son lit. Elle ne voulait ni se lever, ni se laver, ni rien du tout. Elle se sentait moche, ridicule, prisonnière de ce corps inutile, perdue dans ce Japon trop peuplé, trop moderne, trop pluvieux. Depuis sa conversation avec Keiko, elle percevait le décalage, ressentait l'imposture. Le genre de prise de conscience que personne n'a envie d'éprouver à dix mille kilomètres de chez soi avec pour seul interlocuteur une apprentie pornographe dealeuse de culottes douteuses, aussi redoutable qu'hystérique. Débarrassée de l'artifice et du flou artistique de la rive gauche, la réalité du Japon lui sautait au visage et sa situation lui apparut dans toute sa vérité. « Keiko a raison, je n'ai rien à voir avec une geisha », se répétait-elle sans réussir à déterminer laquelle de ces deux affirmations lui faisait le plus mal.

— Tu ferais mieux de te lever, tu as de la visite, lança Keiko sans préambule ni bonjour, en entrant dans leur chambre. Moi j'ai déjà donné, je vous laisse.

Pam ouvrit un œil, puis l'autre, enregistra machinalement les changements dans la tenue de Keiko. Celle-ci portait un tailleur-pantalon sobre et élégant et ses cheveux disciplinés à grand renfort de pinces et de barrettes avaient presque l'air coiffés. Elle remarqua également le nouveau sac à main en cuir chocolat, la version Pikachu en peluche n'avait pas tenu la distance très longtemps.

— Mon père t'attend en bas près de la réception. Dépêche-toi, ce serait mal venu de ta part de le faire attendre. Après tout, c'est grâce à lui que tu es ici.

Au contraire, Pamela prit tout son temps. Prendre soin de soi est encore meilleur quand on sait à quel point l'autre sera sensible à ces préparatifs qu'il sait lui être destinés. Elle voulait faire honneur à son *dana*. Elle plongea sa houppette en plume de cygne dans une boîte ronde laquée noire, puis elle la fit courir le long de son corps pour y déposer la poudre blanc nacré, s'attardant où il fallait et ailleurs. Cette caresse furtive réveilla ses sens. Assise devant son miroir, elle retrouva avec un plaisir intact les gestes qu'elle avait appris pour se faire belle. Elle choisit un joli kimono de jour, assez simple, dont elle affectionnait la nuance vert foncé. Elle enfila ses socquettes blanches, glissa ses pieds menus dans les *okobos* achetés au bazar, jeta un dernier regard dans le miroir et sourit doucement à son reflet qui le lui rendit bien.

Dans le grand salon jouxtant la réception, sans manifester le moindre signe d'impatience, ni le plus petit geste d'agacement, le Dr Atsura vêtu d'un kimono traditionnel l'attendait sous la reproduction d'une estampe d'Hiroshige représentant un clair de lune d'automne en bord de mer. Pam inclina légèrement la tête et se dirigea à tout petits pas vers son *dana*.

*
* *

— Dis-moi, délicieuse petite geisha, comment trouves-tu mon pays ? J'espère que tu n'es pas trop déçue.

Pam ne voulait pas lui faire de peine, ni se montrer ingrate mais elle était incapable de mentir. Rien n'était comme elle l'avait imaginé, elle s'était attendue à quelque chose de plus... médiéval, un peu comme dans *Shogun*... mais elle ne pouvait pas lui avouer qu'elle était déçue. Alors elle ne dit rien, se contentant de baisser les yeux.

— Ce pays se transforme sans cesse, moi-même je peine à le reconnaître après seulement deux ans d'absence. Il me faut faire de plus en plus d'efforts pour me souvenir.

— Vous souvenir de quoi ?

— De ce qu'il était avant. C'est très fatigant tu sais, cela demande un effort de mémoire constant que de conserver le souvenir de ce qui n'est plus.

Pamela était bien d'accord avec lui. Sans vraiment se l'avouer, elle avait de plus en plus de difficultés à se rappeler avec précision les traits de Thad.

— Vous semblez nostalgique Atsura-san ?

— C'est le mot qui convient. Je suis entraîné à la nostalgie depuis l'enfance, mais en dépit d'une longue cohabitation, je suis toujours surpris quand elle se manifeste. Je t'ennuie avec mes considérations de vieil homme, as-tu seulement trouvé ce que tu cherchais ?

Pamela prit son temps avant de répondre. Elle avait réussi jusqu'à maintenant à éviter toute conclusion définitive. L'espoir exige de bien choisir son vocabulaire afin que le définitif ne soit pas cause d'échec. Mais pouvait-elle continuer de feindre plus longtemps ? Elle avait erré dans Tokyo pendant des semaines sans résultat. Elle ne trouverait jamais Thad ni ici, ni ailleurs. Elle n'aurait pas la patience du chien Hachito.

— Allons prendre le thé, dit simplement le Dr Atsura en lui offrant sa main.

Elle savait ce qui se jouait derrière cette proposition, elle en acceptait l'issue. Le Dr Atsura était un homme délicat, exquis, patient. Vraiment très patient.

*
* *

D'instinct son corps reprit la posture souple, retrouva l'abandon qui épouse les mouvements de l'autre et les suit, fidèle comme une ombre, léger comme elle. Le sexe possède son propre tempo. Leurs deux rythmes se rejoignaient à l'endroit précis où les tensions convergent, les oscillations s'accélèrent, les respirations s'amplifient.

Ils recommencèrent en prenant leur temps comme autrefois. Les gestes experts du Dr Atsura l'emportaient loin, vraiment très loin à l'intérieur d'elle-même.

Elle retrouvait intact le plaisir pur, immense, de faire l'amour sans passion mais avec talent. Son corps était une belle mécanique, toute en nuances, souplesse et précision, capable de produire et de ressentir des choses insensées, pour peu qu'on s'y connaisse en la matière. Et le Dr Atsura était assurément un maître dans ce domaine.

Les sens apaisés, le corps en apesanteur dans la baignoire immense, elle se mit à parler enfin, les pieds abandonnés sur les épaules de son vieil amant. Les yeux mi-clos, elle lui raconta comment dès son arrivée, elle s'était heurtée à ce qu'elle avait toujours su remarquablement éviter : la réalité.

Comble de l'ironie, il avait fallu que la collision se produise ici, au Japon, son pays des merveilles. Elle baissa les yeux, cherchant au bout de ses pieds le courage qui lui manquait et se lança. Elle rêvait à présent d'aller à Kyoto où vivent les vraies geishas. Lui seul pouvait comprendre, lui qui avait su déceler son potentiel gracieux, qui l'avait initiée de si délicieuse façon et qui venait de l'honorer dans les règles de l'art, qui l'appelait geisha. Tandis qu'elle parlait, le Dr Atsura qui lui mordillait délicatement le gros orteil laqué de rouge eut soudain une idée.

*
* *

Dans le *shinkansen*, le train rapide de la ligne Tôkaida qui relie Tokyo à Kyoto, Pamela observait le paysage défiler à grande vitesse. Elle avait craint de se retrouver dans des wagons bondés, poussée dans le dos par un agent de police aux gants blancs, comme elle l'avait vu dans un reportage télé mais le *Shinkansen* était en réalité un train spacieux, confortable et vraiment très rapide. À ses côtés, le Dr Atsura, les paupières mi-closes, la tête légèrement penchée vers son épaule à elle, dormait profondément. Un léger ronflement s'échappait de sa gorge, il respirait le calme et la sérénité. Pam l'observait du coin de l'œil avec une infinie tendresse, elle n'osait pas bouger de peur de troubler son sommeil. Deux heures quarante plus tard, ils étaient arrivés à la gare de Kyoto, un bâtiment tout en verre et en métal, traversé par des escalators géants qui donnaient l'impression de flotter entre le sol et le ciel. La beauté et l'harmonie du lieu lui coupèrent le souffle.

À l'extérieur de la gare, le changement de décor était indéniable, les immeubles étaient bien plus bas qu'à Tokyo et l'ancienne cité impériale ressemblait davantage à l'image qu'elle se faisait du Japon avec ses temples et ses pagodes à portée de regard. Pam sentit l'excitation la gagner, le courage revenir. Pour la première fois depuis son arrivée, elle se laissait guider sans poser de questions sur la destination, confiante en l'itinéraire qu'Atsura avait choisi. « Je t'emmène à Hanamachi le quartier des geikos, car c'est ainsi que l'on nomme les geishas de Kyoto. »

En l'invitant à monter dans un taxi, le Dr Atsura lui expliqua que ce quartier était divisé en cinq districts, que chacun d'eux abritait une quarantaine d'ochaya, les maisons de thé où officiaient les geishas. Arrivés devant l'allée d'Ishibe-kôji, non loin du célèbre quartier de Gion, celui des geishas de son livre, ils poursuivirent à pied. Chaque district du quartier était représenté par un dessin, Atsura la laissa choisir et Pam opta pour celui de *Miyagawa-cho,* symbolisé par trois anneaux entrelacés. On retrouvait ce signe un peu partout, sur les murs, les devantures de magasins, les poteaux électriques et les lanternes, ce qui permettait de s'orienter dans une ville où les rues ne portent ni nom ni numéro. Chaque fois qu'elle apercevait les trois anneaux, elle battait des mains, heureuse comme une enfant qui joue à la chasse au trésor pour de vrai.

Il va sans dire que Gion, avec sa circulation dense et ses publicités accrochées sur les murs, était très différent de ce qu'elle avait vu dans le film *Mémoires d'une geisha*. Encore un coup des studios de cinéma ! Elle raya mentalement de sa carte personnelle les lieux à ne jamais visiter sous peine de déception : Atlanta, le *Titanic*, la route de Madison et la plupart des fermes en Afrique. Atsura s'amusait de ses réactions.

— La transformation fait partie de l'existence et si nous avons longtemps répété les choses à l'identique, préservés du tumulte extérieur, dès lors que notre pays s'est ouvert au reste du monde, nous avons été incapables de résister à la modernité. Et même si cette ouverture est très récente à l'échelle de notre histoire, les bouleversements qui ont suivi ont considérablement modifié notre façon d'être, de voir les choses et de construire nos maisons ! Mais rassure-toi, le *Mujô*, ce sentiment d'impermanence, d'instabilité en toutes choses, typiquement japonais, nous permet de traverser les changements, de les vivre comme des opportunités de renaître.

Devant la moue dubitative de Pam, Astura l'entraîna dans Higashiyama-dôri, un passage sinueux comme un chemin de campagne et qui semblait ne jamais vouloir aboutir quelque part. Cette petite rue inespérée n'était que succession d'exemple d'architecture traditionnelle en bois. Au détour de ce chemin, ils aperçurent deux jeunes apprenties geishas. Pam s'arrêta net.

Pour les avoir étudiées pendant ses heures de pause au Yakitori, elle reconnut immédiatement les signes extérieurs propres aux *maikos*, les apprenties. Le *karage*, kimono très simple d'étudiante, leur obi noué en traîne avec un nœud qui remonte jusqu'aux omoplates, la couleur rose des lanières des socques de bois qui indiquaient discrètement leur statut, les coiffures, séparées en deux coques de même volume. Elles avançaient, gracieuses, à pas menus, s'arrêtant volontiers pour se faire photographier par les passants ou les touristes japonais sans manifester le moindre agacement.

Sans réfléchir, elle leur emboîta le pas, le Dr Atsura sur ses talons. Celles-ci entraient dans toutes les maisons de thé des alentours. Parfois elles se contentaient de pousser la porte sans entrer, d'autres fois elles s'y attardaient une dizaine de minutes. Il y avait beaucoup d'*ochaya*, de tous les genres, de tous les styles, les visites n'en finissaient pas.

Pam était en transe, elle essayait de les suivre aussi discrètement que possible pour ne pas se faire repérer. Elle comparait leurs vêtements et les siens, la façon particulière qu'elles avaient de trottiner. Elle se sentit soudain déplacée, presque grotesque, dans son accoutrement. Face aux deux *maikos*, elle eut le sentiment, bien plus violent qu'à Tokyo, d'être une imposture, comme une ombre portée se heurte à la réalité de son modèle.

En fin d'après-midi, les deux jeunes filles retournèrent dans ce qui devait être leur okiya, la maison de geishas à laquelle elles appartenaient.

Pam voulut les attendre mais le Dr Atsura l'en dissuada. « Nous reviendrons », promit-il. Il la conduisit au Ryokan Motonago, situé sur le chemin pavé de Nenenomichi, au pied du temple Kodaiji dans le quartier Higashiyama, au cœur de Gion. L'entrée recouverte de tuiles vernies était éclairée par des lanternes. La pièce claire et spacieuse dans laquelle on les fit pénétrer s'ouvrait sur un jardin intérieur bordé de palissades de bambou. Le sol était recouvert de galets gris et blancs dont l'agencement formait d'exquis motifs. Au fond du minuscule jardin, quelqu'un avait eu la délicatesse d'installer une fontaine qui ruisselait le long de pierres moussues jusqu'à un petit bassin à la surface duquel affleuraient trois nénuphars. Pamela crut défaillir devant tant de perfection : chaque élément était exactement là où il devait être. « Une place pour chaque chose et chaque chose à sa place », avait coutume de lui répéter Sol, mais jamais jusqu'à cet instant Pam n'avait pensé que cette antienne puisse se révéler aussi juste.

Pour la première fois depuis des semaines, elle oublia de penser à Thad et à la façon de procéder pour le retrouver. En se glissant sur le futon à côté du Dr Atsura, elle éprouva un sentiment nouveau, celui d'être arrivée exactement là où elle avait toujours voulu être.

Chapitre VI

*Quand l'éducation d'une geisha
se révèle autrement plus complexe
à Kyoto que sur la rive gauche*

Toujours assise dans le vestibule de l'okiya Oren, Pamela, un bol de thé fumant posé par terre devant elle, attendait sagement que quelqu'un vienne. Elle avait d'abord traversé une pièce sombre, plaquée de bois brûlé, sorte de sas de transition avec le monde extérieur. Au sol, un seau en bois rempli d'eau. Le Dr Atsura lui avait expliqué qu'elle devait se laver les mains avant de pénétrer dans une seconde pièce, plus petite, lambrissée de bois clair, baignée de soleil malgré le sol en pierre volcanique. Comment s'y prend-on pour porter un bol de fine céramique à sa bouche sans se brûler les doigts ? se demandait-elle.

Le Dr Atsura avait disparu derrière une cloison coulissante pour s'entretenir avec la patronne de la maison – une certaine Mme Kuniko – qui se vantait d'avoir commencé son apprentissage sous le règne de Mineko Iwasaki, une des plus célèbres geishas des années soixante-dix. Pamela tendait l'oreille pour saisir des bribes susceptibles de la renseigner sur l'état d'avancement de la discussion.

Elle entendait le thé que l'on verse, le bruit des bols qui s'entrechoquent, celui du thé qu'on avale. C'était tout de même pas possible d'être aussi bruyant en ingurgitant un liquide ! L'après-midi était déjà bien entamée quand elle vit le Dr Atsura revenir enfin vers elle, précédé d'une vieille Nippone à l'allure raide et à l'air malcommode. Une vénérable autorité ridée.

— Ma chère Pamela, je te présente Mme Kuniko, une excellente amie qui dirige ce remarquable établissement. Incline-toi, je te prie.

Pamela fit ce qu'elle pensait être sa plus belle courbette et se plia en deux comme elle l'avait déjà vu faire. La vieille dame la regarda d'un air désolé. « Bonjouuuuur mademoissssselle. »

Mme Kuniko avait autrefois étudié chez les bonnes sœurs de Sainte-Marie de Nagasaki et avait conservé dans un recoin de sa mémoire quelques bribes de français.

— J'ai réglé tes frais de scolarité pour les mois à venir, lui annonça le Dr Atsura. Tu peux rester dans l'okiya autant qu'il te plaira et suivre les cours de danse, de chant, de musique, exactement comme les *maikos*. Je reviendrai te voir danser pour les fêtes de Gion en juillet et Keiko t'enverra tes affaires, mais je doute que tu en aies besoin ici.

Il salua chaleureusement Mme Kuniko, serra Pamela dans ses bras, lui murmura quelques phrases bienveillantes comme : « Tu vas te plaire ici, j'ai fait le nécessaire, sois courageuse, reste toi-même » et d'autres choses encore que Pam, pétrifiée par l'émotion, ne retint pas.

Elle savait qu'il lui faudrait désormais renoncer à tout son petit bric-à-brac patiemment amassé depuis des années qui lui permettait de tenir la réalité à distance. Fallait-il une fois de plus repartir de zéro ? Ouvrir la fenêtre et tout jeter ? Symboliquement bien sûr parce que Pam était tout à fait incapable de jeter, détruire ou abîmer quoi que ce soit. Néanmoins c'était véritablement ici et maintenant que tout pouvait, que tout devait recommencer.

Après le départ de son *dana*, une jeune fille à l'air cruche l'invita à la suivre et l'installa dans la nouvelle chambre de sa nouvelle vie.

Elle referma successivement les fines cloisons de papier puis les portes coulissantes, laissant Pamela une nouvelle fois seule et paniquée. Un futon posé par terre, un coffre en guise de mobilier, une lampe en métal, un point c'est tout. Après les délices du ryokan Motonago, le contraste était saisissant. L'apprentissage commençait par le renoncement, qui n'est pas l'étape la plus facile pour débuter. Son voyage au Japon prenait une tournure différente.

*
* *

Sa formation commença par la danse et la musique, si tant est que l'on puisse appeler musique les sons stridents émis par un instrument à trois cordes appelé shamisen. Elle suivait également des cours de flûte qui lui rappelaient ceux de son collège et se familiarisait avec l'usage des différents tambours traditionnels. Son *dana* avait dû y mettre le prix car elle était traitée avec égard bien que sa présence au sein de l'okiya Oren suscitât de nombreux commentaires. Elle voyait bien les regards étonnés, parfois choqués mais toujours distants, elle percevait la gêne qu'elle provoquait sans pour autant savoir comment y remédier.

Chaque jour, à peine ses cours terminés, Pam filait à travers les rues de l'ancienne Edo. Il existait beaucoup de petits commerces autour de l'okiya, une rareté qui conférait à ce quartier une atmosphère hors du temps. À chaque coin de rue elle découvrait de nombreuses boutiques spécialisées dans des domaines extrêmement divers. Juste à gauche en sortant de la maison, un magasin vendait uniquement des serviettes de toilette, un autre des ventilateurs, le suivant des lampions, des éventails, des piles ou des grille-pain. Il y avait aussi des baraques ambulantes qui s'installaient dans les rues le soir, proposant chacune leur spécialité : tempura, râmen, patates douces, omelettes, brochettes de bœuf, de poulet, de porc. D'autres n'offraient que des fruits mais sous toutes leurs formes : entier, en quartier, en salade, en jus, en sorbet. Wasabi, citronnelle, gingembre, coriandre... Partout dans la rue, des odeurs savoureuses de cuisine à ciel ouvert se diffusaient, se mélangeaient pour en former de nouvelles plus délicieuses encore. Les gens faisaient sagement la queue. Si certains emportaient leur trésor dans des *bentos* pour les déguster ensuite chez eux, la plupart mangeaient leur plat debout ou, pour les plus chanceux, assis sur des minuscules tabourets en plastique installés sur le trottoir. Quand le temps le permettait, sa promenade préférée suivait le chemin des philosophes, au bord du canal Shishigatani. D'un côté du canal, qu'elles surplombent de plusieurs mètres, de ravissantes maisons traditionnelles aux murs de terre et aux toits recouverts de tuiles de toutes les nuances du bleu ou du vert et bordées de cerisiers offraient aux yeux du promeneur leur alignement parfait. La découverte de Kyoto était un enchantement permanent pour l'ex-serveuse du Yakitori. Pour remercier le ciel de sa bonne aubaine, elle avait composé des petites prières de son cru à l'intention des *kamis*, des arbres, des étangs, des carpes et des bonsaïs qu'elle savait généreux et tolérants.

Pour l'aider dans son apprentissage, Mme Kuniko, que tous appelaient Mère ou *okaasan*, lui avait collé une espèce de mentor qui, pour une raison encore mystérieuse, parlait parfaitement le français. Elle s'appelait Mitsuko, en hommage à un parfum français dont sa mère raffolait. Celle-ci, convaincue d'attendre un garçon, aurait voulu prénommer l'enfant Napoléon. Le hasard fait parfois drôlement bien les choses ; ce fut une fille, lourde et robuste comme un garçon, espiègle et vive comme une anguille, belle comme pas permis.

— Tu dois commencer par étudier la cérémonie du thé, avait annoncé Mitsuko sans ménagement. Normalement les élèves paient très cher pour suivre ce cours une fois par semaine, mais toi (elle avait insisté sur ce mot), tu n'as à te préoccuper de rien. Avant de lâcher : C'est incroyable que tu aies déjà un *dana* malgré ton manque d'expérience... j'imagine que les expat sont moins regardants. Même si cet art ancestral ne signifie rien de plus que préparer et servir une tasse de thé, la cérémonie du thé est une « pratique de la transformation » qui demande des années d'entraînement et d'expérience. C'est pour cela qu'il vaut mieux commencer jeune. Autrefois notre formation débutait le sixième jour du sixième mois de la sixième année. Elle marqua une pause : Dans ton cas, c'est plus que raté.

— J'ai déjà appris à Paris, osa Pamela qui se mit à réciter la leçon de Masako. Je sais que cette cérémonie, appelée *chanoyu* est liée à l'introduction au Japon d'une nouvelle forme de thé vert en poudre, le matcha, au XIIe siècle et qu'il fut d'abord utilisé et codifié pour des rituels religieux dans les monastères bouddhistes. Ce n'est qu'un siècle plus tard que les samouraïs commencèrent à préparer et à boire eux aussi le matcha pour se tenir en éveil.

— Bien sûr... Mitsuko ne voulait rien montrer de son étonnement. Même si tu penses savoir quelque chose, dis-toi qu'à partir de maintenant tu ne sais rien. Contente-toi d'observer les *sempai*, les étudiantes les plus avancées, sans parler. Plus tard si tu es douée, tu pourras peut-être les servir. Je viendrai te chercher après les cours.

Pamela fit exactement comme le lui avait ordonné Mitsuko. Elle regarda ce qui se passait autour d'elle à s'en pétrifier les prunelles. La première chose qu'on lui apprit fut la manière d'ouvrir et de fermer correctement les portes coulissantes. Elle pensa d'abord qu'il s'agissait d'une forme de bizutage car, franchement, ouvrir une porte, comme apprentissage, ça se posait là. En fait de bizutage, elle apprenait sans le savoir l'humilité, un des piliers avec l'harmonie, le respect, la pureté et la tranquillité du *sadô*, l'approche spirituelle de la cérémonie du thé. Ici, tout le monde observait une posture de débutante, même les geishas confirmées. Il n'y avait rien de déshonorant à apprendre à ouvrir une porte. Au contraire ! Une demi-douzaine de cours plus tard, on lui montra comment marcher correctement sur le tatami, comment entrer et quitter la chambre du thé. Pam avait envie de pleurer. À ce rythme-là, elle n'avait pas la moindre chance de devenir maîtresse de cérémonie avant... une vingtaine d'années ! Enfin, le professeur qui n'avait jusque-là, pas jugé bon de lui accorder le moindre regard lui montra à elle personnellement, oui à elle et pas une autre, comment saluer, comment laver, entreposer et prendre soin du matériel. Pam n'aurait jamais pensé qu'il soit possible de ressentir autant de fierté à être désignée pour ouvrir une porte, saluer et s'asseoir. Au fil des semaines, elle apprit même à se réjouir de son manque de progrès, comme si vivre dans l'okiya l'avait mise hors d'atteinte et lui offrait la possibilité d'avancer dans la connaissance d'elle-même. Quelle autre orientation professionnelle était capable de procurer un tel sentiment de complétude en faisant la vaisselle ?

Par-dessus tout, ce que Pamela adorait, c'était apprendre le japonais. Même si Mme Kuniko mettait un point d'honneur à l'accueillir tous les matins, d'un tonitruant *bonjouuuuur*, au lieu du traditionnel *irasshaïmasé*.

Chaque sonorité de cette langue lui semblait une formule magique, une incantation, une prière. Et quand elle lisait son dictionnaire à voix haute, ces mots chassaient de son esprit toutes les tensions, toutes les incertitudes. Cependant Mitsuko restait une énigme. Distante, presque désagréable, capable de lâcher des expressions que Pamela trouvait bien lestes, elle se révélait néanmoins une excellente *oneesan*, « grande sœur » et lui apprenait une vingtaine de nouveaux mots par jour, la reprenant sur sa prononciation. Elle lui avait surtout fait cadeau des deux expressions qui allaient lui permettre de tenir sa place sans commettre de faux pas. « *So desuka* » qui signifiait « ah bon » et « *so desune* », « bien sûr ».

— Quand tu es en présence de quelqu'un de plus âgé que toi, moi par exemple, tu dois faire preuve de politesse admirative et de modestie, avait prévenu Mitsuko.

— Comment faut-il faire ?

— Rien de plus simple, tu écoutes attentivement dans un silence respectueux. Il faut que tu montres de l'intérêt sans pour autant m'interrompre. Ta curiosité doit être réelle mais jamais déplacée.

Pamela se rendit assez vite compte qu'elle pouvait traverser des après-midi entiers avec ces deux répliques. Elle laissait Mme Kuniko lui parler sans discontinuer, se contentant de ponctuer le discours de l'une ou l'autre de ces expressions. Ça marchait à tous les coups !

Chapitre VII

*Si la valeur n'attend pas le nombre
des années, l'apprentissage lui, peut durer
toute une vie. Ce qui risque de faire long.*

Chaque jour Pamela se trouvait confrontée à des choses qu'elle ne comprenait pas. Les nombreuses salutations quotidiennes obéissaient à des règles encore plus strictes. Malgré ses efforts, elle avait du mal à distinguer une *okaasan*, – propriétaire d'une maison de thé – qu'il convenait d'appeler « mère », même quand elle était très jeune, d'une geiko qu'il fallait appeler « grande sœur », même quand elle était très vieille. La moindre erreur lui valait les foudres des *sempaï*, nom commun des étudiantes plus âgées, qu'elles soient maikos, geikos ou tout simplement élève extérieure venue se perfectionner dans les arts traditionnels. Les règles de l'okiya étaient complètement différentes de tout ce que Pamela avait connu, lu et imaginé.
— Dans l'okiya, commença doucement Mitsuko, Mme Kuniko exige de nous une transparence totale. Pas de petits secrets, tout doit se faire au grand jour. Par exemple, tout le

monde sait que Mère est amoureuse d'une femme agent de police depuis cinq ans.

— Je vois, articula Pam en essayant de paraître détachée.

— Tu peux faire celle qui a voyagé ! Ne me dis pas que tu n'es pas stupéfaite d'apprendre que Mère préfère les femmes ?

— Ça ne regarde qu'elle. Mais c'est vrai que je n'avais jamais imaginé qu'une geisha puisse ne pas aimer les hommes.

— Tu n'écoutes pas ce que je dis. Bien sûr que Mère aime les hommes, j'ai juste dit qu'elle préférait les femmes. Ce n'est pas pareil. D'ailleurs tu verrais sa bonne amie l'officier... on dirait un mec, pouffa Mitsuko. Ce qui est extrêmement comique quand on pense que les premières geishas étaient... des hommes !

— Je ne te crois pas.

— Si, absolument. Ils étaient là pour tenir compagnie, divertir et parfois conseiller les seigneurs, comme vos bouffons dans les cours d'Europe. Ensuite il y eut des hommes et des femmes, puis le temps passa encore et vu le type de divertissement qui se développa, il n'y eut plus que des femmes. Bon, le cours d'histoire est terminé. Demain, je t'accompagnerai à tes cours pour te montrer moi-même comment te comporter face à un invité pendant une cérémonie du thé, comment tenir les bols, comment boire et manger les douceurs que l'on sert uniquement à cette occasion, comment bien utiliser le papier et préparer la poudre de thé, savoir la doser et la fouetter correctement. Ensuite, tu m'accompagneras pour l'*obon temae*, une cérémonie d'après-midi très simple. Disons... la semaine prochaine !

Pam se raidit. Des semaines entières consacrées à l'apprentissage de l'art et la manière de faire la vaisselle et soudain, elle était conviée à participer à une vraie cérémonie et ce dans... une semaine ! Autant dire demain.

Elle se cramponna mentalement à ce que lui avait enseigné Masako dans le salon de son bel appartement parisien : « Le plus important est de réaliser chaque geste de la manière la plus parfaite, la plus polie, la plus gracieuse et la plus charmante possible. »

Faites que je sois à la hauteur. Pamela se surprit à invoquer les *kami*, du thé, de l'eau, de la bouilloire, des ancêtres et tous ceux susceptibles de lui venir en aide.

*
* *

Était-ce l'appréhension, une trop grande nervosité, la peur de décevoir ? Toujours est-il que Pam réussit à faire tout de travers. Un désastre. Elle avait mal dosé la poudre et ne put jamais obtenir la texture onctueuse qui convenait. Pire, en s'acharnant à fouetter ce qui n'était plus qu'une pâte infâme, elle réussit à éclabousser au moins deux des invités. Personne ne pouvait survivre à la honte qu'inspirait un échec d'une telle ampleur. Pourtant, en dépit de ses maladresses, les hommes n'eurent d'yeux que pour elle. Quand elle s'approcha d'eux, les bras encombrés du lourd plateau chargé de friandises, ils retinrent tous leur souffle comme l'avaient fait avant eux les gars de la Poste au Yakitori de Melun. Elle possédait naturellement cette qualité qu'aucun apprentissage ne saurait inculquer : la sensibilité. C'est cela que le Dr Atsura avait su déceler et nommer, c'est ce qui avait bouleversé Thad et déconcertait Mitsuko. Elle était comme cela, entière et sincère quoi qu'elle entreprenne dès lors que le geste, l'action lui semblait juste. Peu importaient les erreurs, le ridicule, la maladresse, seule comptait l'intention.

Pour fêter son échec – dans cette partie du monde, on apprend plus de ses échecs que de ses succès – Mitsuko l'entraîna en dehors de la maison, pour boire un verre et faire « plus ample connaissance ». Pamela ne savait pas comment se conduire dans cette situation. Est-ce que Mitsuko continuait d'être sa grande sœur, en dehors de l'okiya ? Les nombreuses règles qui gouvernaient les relations, avaient-elles cours à l'extérieur ? Mieux valait se taire et observer. Une leçon qu'elle avait bien apprise et qui se révélait toujours payante. Mais pouvait-elle savoir que ce qui ne doit jamais être exprimé peut enfin être révélé dans un bar, devant un verre ? Que décapsuler une bière revient à donner le coup d'envoi, l'autorisation tacite au changement de règles, de convictions, de personnalité ?

— Maintenant, pose-moi une question, n'importe laquelle, je répondrai à tout.
— Je ne préfère pas.
— Force-toi.

— Entendu. Pourquoi bois-tu autant ?

— Bonne question, dit Mitsuko en se servant une nouvelle bière. C'est de famille !

— Tes parents boivent ?

— Buvaient. Ils sont morts. Mon père, ma mère et aussi Youri, mon grand frère.

— Il était malade ?

— Il s'est suicidé.

Pam sentait monter le malaise. Ce petit jeu de la vérité prenait une tournure déplaisante et Mitsuko buvait de plus en plus, changeant à la fois d'expression et de couleur. Et naturellement, plus elle buvait, plus elle se confiait et pour abreuver sa soif de confidences... elle buvait davantage. L'ivresse japonaise fournit une occasion d'épancher ses sentiments, ses rancœurs, ses folies parce que dans ce pays, le ridicule ne tue pas. Pam ne savait comment s'extraire de cette connivence imposée sans paraître impolie ou dépourvue d'empathie.

Fallait-il poser la question fatidique du « comment » qui amènerait inévitablement celle du « pourquoi » ou fallait-il se taire ? Quelle était la bonne attitude ?

Elle n'eut pas besoin de réfléchir longtemps. Noyée dans ses souvenirs, Mitsuko avait repris d'elle-même sa confession.

— J'avais onze ans. Youri était venu nous rejoindre pour les fêtes. Il était en cinquième année de médecine, promis à un bel avenir. Il était la fierté de la famille et sa réussite imminente devait rejaillir sur nous tous. Il ne s'appelait pas Youri par hasard. C'était notre Gagarine à nous. Ça te donne une idée de la hauteur de la barre que nos parents plaçaient au-dessus de nos têtes. Malheureusement, il échoua à son examen de fin d'année. Mes parents étaient effondrés, ma mère surtout qui lui reprocha de ne pas avoir été à la hauteur du sacrifice qu'ils avaient consenti pour l'envoyer étudier à l'université. Je me souviens que l'ambiance était effroyable. Mon frère est monté s'enfermer dans sa chambre, mon père est sorti pour boire et ma mère est tombée dans la jarre de saké.

— Et toi ? demanda Pam.

— Moi ? J'ai ouvert la porte de la chambre de mon frère le lendemain matin et je l'ai découvert... la tête dans un sac en plastique. Mort.

— C'est toi qui... ?

— C'est ce que je viens de te dire, non ?

Mitsuko vida son verre d'un trait et aussitôt en commanda un autre pour elle et un deuxième pour Pamela.

— Non merci, pas pour moi.

— Tu bois avec moi, un point c'est tout. La vie m'a appris une chose : c'est que tout le monde a besoin de se soûler de temps en temps.

— Tes parents devaient être inconsolables.

— Oui, mais chacun de leur côté. Maman a fait un infarctus. C'est normal que son cœur n'ait pas résisté. Mon père est parti après m'avoir confié à l'okiya Oren. C'était un bon client, il connaissait bien Mme Kuniko. Ensuite je n'ai plus eu de nouvelles. Il y a cinq ans des policiers sont venus à l'okiya, c'est d'ailleurs à cette occasion que Mère a fait la connaissance de sa bonne amie, pour me dire que mon père s'était jeté sous le *shinkansen* et qu'il fallait que je règle les frais occasionnés par son suicide. C'est comme ça que je me suis retrouvée orpheline et endettée.

Elle attaqua son sixième verre et était à présent totalement ivre. Le patron du bar vint les informer à voix basse qu'il était temps qu'elles règlent l'addition avant de bien vouloir vider les lieux.

Pamela jeta quelques billets sur le comptoir et prit la jeune fille par les épaules. Celle-ci invectivait le monde entier et ne consentit à se calmer qu'une fois installée dans le taxi. Pam montra la carte de visite de l'okiya Oren au chauffeur, tandis que Mitsuko effondrée contre la portière se mit à sangloter. Pam reconnut trop bien la plainte qui montait des entrailles de sa compagne et se contenta de regarder cette jeune femme qu'elle connaissait si mal céder sous le poids du chagrin accumulé depuis tant d'années.

Elle essaya de l'aider à monter les marches pour la conduire jusqu'à son lit mais Mitsuko se dégagea violemment et se dirigea (presque) tout droit vers sa chambre.

Après une première cérémonie désastreuse et une soirée qui avait tourné au mélodrame, Pam s'endormit avec la certitude qu'on la renverrait de l'okiya. Elle se réveilla le lendemain avec la même idée.

La première chose qu'elle vit en arrivant dans la salle des repas fut un grand sac posé à sa place avec son nom écrit en japonais. Dedans, soigneusement plié, un kimono de soie de couleur vive, décolleté dans le dos, qu'elle reconnut aussitôt comme étant un *obebe,* le kimono que portent les apprenties pendant les soirées officielles.

Elle courut dans sa chambre pour se changer.

Enfiler un kimono de soie, en apprécier le toucher, les couleurs vives, rose et rouge mélangés, les motifs floraux, enfoncer doucement dans sa chevelure des peignes et des bijoux dorés, glisser délicatement ses pieds dans des *okobos* laqués, se regarder dans le miroir et... son reflet lui arracha presque un cri de surprise en révélant la femme éblouissante qu'elle était. Incapable de fixer seule son obi en traîne en un nœud remontant jusqu'au milieu des omoplates, elle fit une rapide boucle sur le devant. Les vêtements sont des messages et celui-là était très clair : elle faisait enfin partie de la maison Oren. Fière comme un enfant, elle se précipita dans la salle à manger où elle fut accueillie par un silence gêné. Mitsuko furieuse se leva et quitta la salle sans un mot. Pam sentit dans sa gorge la saveur salée de larmes imminentes. Une jeune apprentie lui désigna discrètement son obi. Noué sur le ventre, ainsi que le portait Pam, il désigne la prostituée qui peut donc s'habiller et se déshabiller seule plusieurs fois par jour. Dans l'okiya, ce genre d'erreur était inadmissible.

Chapitre VIII

*Où l'on se souvient que Sue Ellen boit
pour oublier l'infâme J.R.
et que Pamela, elle, ne tient pas l'alcool*

Plus elle progressait, plus sa compréhension du monde se dérobait, pire, s'obstinait à demeurer à quelques mètres devant elle, reculant au fur et à mesure qu'elle avançait. Les geishas, n'en déplaise à Keiko, étaient elles aussi confrontées à des principes de réalité. Même si la leur ne ressemblait à aucune autre. Pamela en avait fait l'expérience, la veille, avec un client régulier. Il avait posé sa main sur la sienne et s'était... endormi ! La tête posée sur ses genoux, le visage enfoui dans les plis de son kimono. Pam s'était pétrifiée pendant plus d'une heure sans savoir comment réagir. Qu'aurait-elle dû faire en pareille circonstance ?

— Rien à mon avis, répondit Mitsuko en réprimant un bâillement, mes compatriotes sont des gens très fatigués qui dorment beaucoup sauf dans leur lit et encore moins...

avec leur épouse. Les Japonais ne font presque plus l'amour une fois mariés. Je veux dire, ils ne font plus l'amour ensemble. Je suis bien placée pour recueillir leurs confidences. Dans ce pays, tu passes de petite amie à épouse si tu as de la chance, ou à maîtresse si tu n'as pas de chance. Elle s'interrompit quelques instants avant de reprendre : « Mais le pire, c'est quand même de passer du statut de maîtresse à celui d'épouse. Là, tu comprends vite que l'un ne vaut pas mieux que l'autre et pourtant, chacune enviera toujours l'autre. Au moins quand tu es geisha, tu es au-dessus du lot pour toujours. D'autant que les hommes japonais, ce n'est un mystère pour personne, préfèrent la compagnie de professionnelles.

Pamela était effarée de découvrir, sans rien avoir demandé, la misère sexuelle des couples nippons. Sa compagne continuait à lui décrire par le menu ce qu'elle n'avait pas envie de savoir. Mais comment faire ? Il était exclu de se boucher les oreilles ou de quitter la pièce. Pam devait donc, malgré elle, en apprendre un peu plus des vicissitudes conjugales de ce peuple fier et digne, pour lequel sa « grande sœur » n'éprouvait visiblement pas la même inclination.

— Au Japon, l'épouse, la mère sont une espèce de déesse à laquelle les hommes vouent un culte qui les arrange bien.

— Tu n'as jamais eu envie de te marier ?

(Une fois, songea Mitsuko rêveuse... si seulement il m'avait prise au sérieux.)

— Non, jamais ! Les Japonais ne méritent pas les Japonaises « *tôdaï moto kurashi !* », « au pied du phare, on n'y voit pas très clair ». Je préfère les *gaijin* comme les Américains. Les Français aussi j'aime bien, surtout s'ils ressemblent à Aron Doron.

— Qui est Aron Doron ? demanda Pam poliment.

— Tu ne le connais pas ? C'est pourtant un acteur français, un samouraï. Le plus bel homme au monde. Elle soupira. Ma mère en était folle, et j'avoue, moi aussi. Maintenant que j'y pense, c'est une des rares choses que nous avons eue en commun elle et moi. L'amour avec un *gaijin*, c'est quelque chose ! Tu sais que ça ne va pas durer, qu'il n'y a rien à espérer, ce qui donne à la relation juste ce qu'il faut de passion et de tragique. Tu deviens une héroïne. J'adore !

En observant son amie, Pam se demanda si Mitsuko fantasmait ou si elle se souvenait. La meilleure façon de connaître la réponse était de poser la question, indirectement bien sûr et si possible en regardant ailleurs.

— Tu t'es déjà sentie comme une... héroïne ?

— Il y a des années mon ami Nobu m'a présenté un de ses collègues de travail, un *gaijin* qui avait pris l'habitude de venir me voir tout le temps qu'il est resté au Japon. Je suppose qu'on peut appeler ça une relation. J'aimais bien sa façon de me regarder franchement, droit dans les yeux. (Pam le prit pour elle et redressa la tête). Les garçons d'ici, quand ils t'invitent à sortir, regardent leurs pieds sous prétexte de politesse. Mon cul, c'est juste pour éviter ton regard ! Lui me disait des mots gentils, me faisait des compliments. Il était très intéressé par notre façon de vivre. Vraiment intéressé.

— Tu l'as revu ? Tu as eu de ses nouvelles ? demanda Pamela dont l'âme japonaise vibrait en entendant cette histoire d'amour impossible.

— Sa mission terminée, il s'en est allé comme il était venu. Mais il y a quelques semaines, il est revenu avec Nobu. Il était changé, je l'ai trouvé à la fois absent et plus violent.

— Comment ça violent ?! demanda Pam avec effroi.

— Il ne s'agissait pas d'une violence réelle mais plutôt d'une colère rentrée, un dégoût de lui-même.

— Pourquoi tu ne m'as jamais parlé de lui ? Et qui est Nobu ?

— Nobu est un... ami de très longue date, répondit Mitsuko, légèrement embarrassée. Notre amitié est un peu... compliquée. Chaque fois qu'il rend visite à sa mère, il vient présenter ses hommages à Mme Kuniko. Elle l'a presque élevé et le considère comme une sorte de neveu. Tu feras sans doute sa connaissance un de ces jours. Je compte sur toi pour être exemplaire et me faire honneur, j'y tiens beaucoup. Maintenant au lit ! Nous devons être belles et reposées pour demain.

Pam prit conscience à quel point son amie lui était étrangère. Malgré ses accès de familiarité, Mitsuko n'avait jamais cessé de garder ses distances. Elle avait maintenu entre elles une frontière infranchissable qui venait juste de lui sauter aux yeux.

*
* *

Cette nuit-là, Pam rêva de Thad. Il s'approchait doucement d'elle, dénouait le chignon serré qui maintenait sa chevelure, caressait son cou avec une fervente délicatesse, remontait le long de sa nuque, glissait ses doigts dans ses cheveux raidis de laque pour les assouplir. Elle pouvait sentir son souffle tiède, sa respiration profonde, maîtrisée. Le souvenir de cet homme penché sur elle la réveilla. Elle ouvrit les yeux : son absence, d'une densité effrayante, flottait partout dans la pièce. Pelotonnée sous son drap, elle aurait vendu son âme et tout le reste pour que son rêve revienne. Elle referma vite les paupières afin que sa mémoire le recompose à l'identique. Garder les yeux clos, surtout ne pas bouger. L'immobilité est une posture bien difficile à tenir lorsqu'on est traversée par une émotion forte. C'est cela qu'on appelle l'impassibilité... Un exercice dans lequel les Japonais excellent. Pam avait une bonne marge de progression.

Quelques secondes avaient suffi pour que la rêverie qui semblait si réelle se brise en mille morceaux. La voix, la caresse, le souffle réduits en pièces détachées désormais éparpillées. Pam essaya encore. Elle s'appliqua de toutes ses forces mais rien n'y fit, Thad s'était définitivement évaporé.

C'est alors qu'une pensée affreuse se forma peu à peu. Imprécise, floue, fugace comme une impression. Mais insoutenable déjà. Elle avait beau la rejeter (elle agitait les mains dans tous les sens, comme pour se débarrasser d'un insecte), elle reprenait forme et avançait vers elle tel un Golem, monstrueux d'évidence : si ça se trouve, Thad n'existait plus.

Thad était mort et son corps d'étranger inconnu avait été jeté dans une fosse commune. En existait-il au Japon ? Ou alors tout simplement en décomposition quelque part dans un fossé.

À l'heure qu'il est, il était certainement en train de se faire bouffer par des asticots qui lui faisaient tellement horreur de son vivant. Pam n'était pas très calée en microfaune japonaise mais il n'y avait aucune raison pour que le sol nippon n'abritât point des cohortes de lombrics bouffeurs de cadavres.

C'est ainsi que les choses avaient dû se passer. En dépit de son besoin de cultiver son jardin qu'il rêvait aussi vaste que le Texas sillonné par Caine, il avait envoyé sa lettre désespérée déjà rongé par la faim, le froid et le remords. Une bonne mise en condition pour qui finirait dévoré par les vers. Il n'avait pas pris la peine d'indiquer une adresse pour qu'elle puisse lui répondre ou le rejoindre car il savait sa fin imminente.

Et puis, il était mort.

Et voilà.

Peut-être même qu'il s'était donné la mort lui-même, qu'il s'était fait *seppuku* tant il était douloureux pour lui de survivre à sa lâcheté. « Quel dommage, pensa Pam, qui commença aussitôt son travail de deuil, je lui aurais pardonné, si seulement il m'avait laissé une chance de le faire. »

Les yeux au plafond, la mort dans l'âme, elle pleura longuement la mort de Thad, glissant imperceptiblement du statut de l'abandonnée à celui de veuve. La fin tragique de Thad mettait un terme brutal et définitif à ses recherches, recherches qu'elle-même avait mises entre parenthèses pour vivre pleinement son apprentissage de geisha. Désormais, plus rien ne justifiait sa présence ici. Et par ici il fallait entendre dans l'okiya Oren, à Kyoto, et même au Japon. Au fur et à mesure qu'elle effectuait ce rapide zoom arrière sur sa situation, Pamela sentit qu'elle perdait pied. Même allongée sur le dos, la situation lui collait le vertige. Bientôt le sel de ses larmes n'y suffit plus. Il lui fallait quelque chose de plus fort. « On a tous une bonne raison de se soûler », avait dit Mitsuko. La fin tragique de Thad devait être la sienne.

Pam écoutait les bruits de la maison : le plancher qui craque, les claustras qui crissent, la respiration bruyante de Mitsuko à travers la mince cloison de papier. Elle se leva, enfila son kimono d'étudiante, glissa ses pieds dans ses socques de bois sans même prendre le temps d'enfiler ses chaussettes traditionnelles – un signe de laisser-aller absolu qui, plus encore que l'expression de son visage, trahissait son angoisse – et se faufila silencieusement hors de la maison.

Il devait être deux heures du matin quand, la mine dévastée mais l'air digne, elle poussa la porte du bar où l'avait emmenée Mitsuko le soir de ses terribles confidences alcoolisées, se hissa au sommet d'un tabouret face au comptoir et entreprit de se soûler méthodiquement. Elle vida un verre après l'autre, alternant le saké chaud et le froid, laissant l'alcool envahir son corps, s'emparer de son esprit de geisha de Melun, de fille de nulle part.

Elle trinqua avec elle-même en hommage à Sue Ellen Ewing et à son alcoolisme qui avait eu raison de son prénom. Si Sol, sa mère, la voyait dans cet état, elle ne s'en remettrait sans doute pas.

— *Arrête de boire Sue Ellen, tu es ivre.*
— *Je bois pour oublier.*
— *Boire pour oublier ? Inutile, le chagrin sait nager.*
— *J.R. tu es un monstre !*

Indifférente à la curiosité qu'elle suscitait, Pam se rapprochait tranquillement du stade où l'alcool donne l'impression que tout est possible. La preuve, sa mère se tenait assise à côté d'elle, dans ce bar de nuit, elle lui effleurait les cheveux de la main et lui disait des choses qu'elle pensait tendres.

Le type n'avait pas l'air frais. Il s'installa à côté d'elle et commença à lui parler en anglais. Pam lui répondit très gentiment qu'elle ne parlait pas cette langue et qu'elle comprenait mieux le japonais, mais le type s'obstinait, plaçant un maximum de mots d'anglais dans la conversation.

— *Where do you come from? France?* Tour Eiffel? Ah les petites femmes de Paris... Il leva la jambe pour singer ce qui lui semblait être du French cancan. Célibataire ? Touriste, étudiante, des enfants ?

L'homme ôta ses lunettes pour éponger son front luisant, il puait l'alcool. Parler anglais lui demandait visiblement un gros effort mais on sentait qu'il voulait rentabiliser ses centaines d'heures de cours du soir.

— Vous êtes là pour le business ? *Of course not*, si vous êtes une touriste. Moi je travaille à NHK, la télé, mais je ne suis pas célèbre, non pas célèbre. Vous aimez les vacances ? La plage, c'est bien la plage, moi je pars à Hawaï tous les ans. Vous connaissez Hawaï ? demanda-t-il en montrant sa chemise.

Pam fit non de la tête.

Il se mit alors à siffler l'air du générique de *Hawaï Police d'État*.

— You know, *Hawaï five-O*... Steve McGarrett... ?

Il souleva sa chemise hawaïenne, découvrant un ventre dodu pour lui montrer son bronzage.

— J'arrive de Tokyo, j'ai mangé des gyozas aux crevettes dans le train, vous aimez les gyozas aux crevettes ?

Pamela secouait la tête doucement pour signifier le plus poliment du monde qu'elle ne comprenait rien, vraiment rien, pas le moindre mot. Alors il prit un papier, un crayon, exigea son numéro de téléphone. « Les geishas ont pour vocation de soigner le cœur des hommes, nous sommes des médecins de l'âme », répétait souvent Mme Kuniko. Alors, elle écrivit n'importe quoi sur la feuille et le type s'en alla en titubant, exhibant son morceau de papier comme un trésor de guerre.

Pamela fit signe au serveur.

Son sixième verre bien calé entre ses deux petites mains, elle commença à esquisser l'idée que Thad était peut-être vivant. Moins d'une heure plus tard, elle s'était convaincue qu'il avait survécu à d'épouvantables épreuves car il était dans sa nature de Breton de ne jamais mourir. Il était doué pour la survie.

Pamela décida d'enterrer ici même sa courte mais néanmoins tragique période de deuil. Elle s'en voulait d'avoir douté. Même enfermée dans un cercueil à six pieds sous terre, Beatrice Kiddo n'avait jamais renoncé à retrouver Bill. Certes, dans l'idée de le tuer, mais c'était un détail, l'essentiel était la détermination. Elle en avait manqué voilà tout, et s'était éloignée de son but.

Il fallait partir maintenant, reprendre ses recherches.

Ses désirs lui apparurent dans toute la splendeur de leurs contradictions : partir à la recherche de Thad ou rester à l'okiya. Qu'est-ce qui importait le plus ? La partie d'elle-même qui voulait se remettre en mouvement, avancer vers l'inconnu, ou celle qui voulait se réveiller chaque matin dans le cadre immuable de la maison Oren et consacrer ses journées à s'habiller, se maquiller, parfaire son japonais et servir le thé ?

Elle se refusait à exclure une possibilité au profit de l'autre, à choisir. Elle voulait vivre à la lisière, en équilibre sur cette ligne invisible entre sa vie d'avant et son apprentissage d'aujourd'hui.

Sa courageuse ivresse aidant, Pamela avait atteint le niveau d'alcoolémie idéal pour mener à bien et simultanément ses deux projets, à condition de rester mobile, souple et si possible insaisissable. Elle se leva dans un bel élan. Le sol se rapprocha dangereusement, Pam entrevit des visages goguenards et débridés penchés sur elle, puis plus rien. Elle avait dû louper une marche dans sa progression vers sa vérité.

Chapitre IX

Quand un horoscope et quelques petits poèmes réconfortants ne font pas le poids face au sentiment d'imposture

Au pays du Soleil levant, rien ne se fait sans consulter les étoiles. Comme il n'est pas question d'agir avec une conjoncture astrale défavorable, une geisha vérifie régulièrement sur son almanach si la période est propice aux voyages, aux rencontres, aux affaires. Mitsuko ainsi que Mère ne dérogeaient pas à cette règle *meishin*, superstitieuse.

« Tristesse, déception et peut-être même danger t'attendent si tu te déplaces », lut Mitsuko d'une voix lugubre, quand Pamela lui fit part de son intention de quitter l'okiya.

À partir de ce moment, Mitsuko ne la lâcha plus d'une semelle d'okobo craignant que sa protégée, qu'elle appréciait plus qu'elle ne voulait se l'avouer, ne se fît la malle. Elle essayait de la questionner habilement sur son passé pour y trouver la raison de sa présence et celle de son départ. Elle avait compris que les deux étaient liés.

Avec beaucoup de tact, Pam orientait la conversation vers un autre sujet, se livrant au minimum. Ses véritables sentiments, si tant est qu'elle en éprouvait encore, restaient enfermés au fond d'elle. Mais chaque fois qu'elle évoquait l'éventualité de quitter l'okiya, l'almanach se révélait défavorable.

En pure perte
Sur l'oreiller remuant
Je passe mes nuits
À converser dans le rêve
Avec celui que j'attends.

— Tu vois bien que je n'invente rien, s'excusait presque Mitsuko. Le haïku du jour dit que ce n'est pas la peine de partir à la recherche de celui que tu attends. « En pure perte », c'est écrit en toutes lettres. Tu dois rester ici pour l'instant. Le hasard ne t'est pas favorable.

Pam ne voyait pas très bien comment retrouver Thad dans ces conditions. À moins que son guerrier ne cherche du réconfort « dans le monde des fleurs et des saules », ou *karayukai*, qui désigne l'univers des geishas. Et quand bien même, il existe des dizaines de maisons de thé dans le *hanamachi* de Gion, la probabilité pour qu'il participe à une soirée organisée par l'okiya Oren était donc très faible. Mais Pam était le genre de personne qui, lorsqu'une geisha superstitieuse lui annonce que son destin est de renoncer à partir, pense qu'elle doit suivre cette recommandation. D'autant que l'almanach disait toujours la vérité aux geishas qui savent mieux que quiconque l'interpréter.

— Ce n'est que partie remise, tout refleurit au printemps, la rassura Mitsuko. Pam était toujours surprise par sa manière de s'exprimer quand elle n'avait pas bu. Par métaphore ou par énigme. C'était très déconcertant pour qui avait fait l'expérience de son langage ordurier et de ses manières brutales dès qu'elle avait un petit coup dans le nez.

— Je ne peux pas rester durablement à l'okiya, soupira Pam. Elle n'osait pas le « éternellement ». Ce n'est pas raisonnable.

— Pourquoi pas ? Quel que soit ton choix définitif de carrière, il faut que tu passes *Hanami* à Kyoto. C'est le mot que nous utilisons pour parler du printemps, il signifie « cerisiers en fleur ». Ne me dis pas que tu n'as jamais vu de reportages sur la fête des fleurs ou des cartes postales de temples bordés de cerisiers en pleine floraison ?

Pam en avait justement toute une collection bien rangée dans une ravissante boîte laquée sur sa table de nuit à Paris.

— Il faut que tu voies ça de tes propres yeux, le cortège traverse la ville à partir du château jusqu'au sanctuaire Shimogamo. On offre des prières, il y a une danse de guerriers et un cheval destiné à apaiser la colère des dieux est orné de fleurs et de clochettes. Le cortège se rend ensuite au sanctuaire de Kamigamo qui marque la fin du défilé. Toute la ville et tous les temples sont fleuris de roses trémières et de géraniums. C'est féerique... sauf pour moi qui suis allergique au pollen ! Ce qui est un vrai souci étant donné ma profession car c'est la période où nous sommes le plus sollicitées depuis le festival Aoi Matsuri en mai, jusqu'à celui de Gion Matsuri, en juillet. Nous donnons beaucoup de représentations de danse et de concerts. À condition que tu progresses, je pourrais insister auprès de Mère pour que tu fasses partie des figurantes.

Les yeux de Pam s'allumaient au fur et à mesure que son amie parlait. Elle était transportée par ces récits, se sentait comme la petite Alice traversant le miroir. À ceci près qu'elle n'était pas tombée dans un trou rempli de lapins crétins, de chapelier fou et de chat grimaçant originaire du Cheshire. Elle était au pays des geishas, vivait parmi elles. Elle avait soudain l'impression de comprendre parfaitement la nature de ce monde à part. À quoi bon courir après un souvenir ? Peut-être que Thad était seulement un prétexte et qu'il était écrit qu'elle devait venir au Japon pour y rester, devenir enfin geiko et accomplir son destin. Peut-être…

Plus rien n'arrêtait Mitsuko qui, la sentant faiblir, se montrait intarissable. Elle connaissait toutes les histoires de tous les festivals de la ville. Si elle se montrait aussi habile que la princesse des *Mille et Une Nuits*, elle pourrait sans doute retenir Pamela pendant plusieurs mois. À défaut d'être exact, le calcul n'était pas idiot.

— À Momijigari, la saison d'automne, les érables prennent des couleurs qui vont du jaune pâle au rouge vif et les gingkos se couvrent d'or, leurs reflets dans les nombreux étangs donnent à Kyoto des allures de trésor. Et le Pavillon d'or que tu connais devient encore plus féerique. Partout où les yeux se posent, tout n'est qu'or et lumière, alors le monde entier devient plus beau. Quand j'étais petite, Youri et moi jouions à chasser les feuilles. Il fabriquait les plus beaux bouquets qu'on puisse imaginer et me les offrait. Malheureusement, je n'en ai conservé aucun. Nous autres Japonais aimons relier nos vies au cours des saisons que nous célébrons à travers nos rites shintos.

« Vivre seulement l'instant présent, savoir contempler la lune, la neige, les cerisiers en fleur et les érables rougeoyants, chanter, boire, refuser le découragement, se divertir juste en flottant... »

C'est un poème que j'ai appris, il y a bien longtemps. Il faut le comprendre comme une invitation à se réjouir simplement de l'existence, à exprimer sa gratitude devant la beauté que nous offre la nature et à souhaiter que le bonheur soit préservé. Tu sais, ajouta-t-elle en regardant Pam droit dans les yeux, seul compte l'instant présent, car lui seul nous appartient, il est inutile de s'inquiéter pour le futur ou de s'attarder sur le passé, il faut le recouvrir. La nature nous apprend que les feuilles sont une bien jolie façon de recouvrir ce qui n'est plus. Attendons l'automne et nous consulterons à nouveau l'almanach.

Pensait-elle à son frère disparu, à ses parents ? Elle avait dû se repasser la scène des milliers de fois, essayer de changer un détail qui en aurait modifié l'issue : empêcher son père de sortir ce soir-là ou bien surmonter sa timidité et forcer la porte de la chambre de ce frère adoré... ne pas le laisser seul. Surtout ne pas le laisser seul.

Chapitre X

*Où Keiko refait une apparition
aux conséquences dévastatrices
sur le moral de notre petite geisha*

Mitsuko avait conduit la visiteuse dans le petit jardin intérieur, la priant d'attendre la fin du cours de musique : il n'était pas question de déranger les élèves pendant leur leçon. Elle observait d'un air désapprobateur cette fille vulgaire qui prétendait être une amie de Pamela. Qui était-elle ? Que faisait-elle ici ? Mitsuko ne pouvait pas croire un instant qu'un lien d'amitié puisse exister entre les deux jeunes femmes. Naturellement elle se garda bien de poser la moindre question. Elle patienterait jusqu'au départ de la fille pour se renseigner.

Pamela remarqua tout de suite les changements dans l'allure de Keiko. Les piercings avaient disparu, le blond platine aussi. À la place, ses cheveux mi-longs avaient retrouvé leur couleur d'origine, le maquillage était discret, la tenue plus sobre. Mais plus visible encore était la gravité nouvelle, presque douloureuse, qui marquait les traits de la jeune fille.

— Je suis venue te dire au revoir et merci, dit doucement Keiko en se penchant vers elle pour l'embrasser.

— Merci de quoi ? demanda Pam avec un léger mouvement de recul.

— Sans toi, je ne serais jamais venue ici. C'était pas si mal finalement de t'accompagner pour ce voyage... ce retour aux sources..., j'en ai appris beaucoup sur moi-même... Elle marqua une pause. J'ai aussi compris que je ne pouvais pas continuer à vivre continuellement dans ma bulle. Je dois changer quelque chose dans ma vie, mettre un peu d'ordre. Grandir, en quelque sorte. Elle fit une petite grimace. Je suppose qu'il était temps !

— Que vas-tu faire ?

— Pour commencer, je vais, en ton absence, m'occuper de la Petite Boutique et reprendre les cours d'Ikebana avec ma mère. J'étais douée paraît-il... Quand tu te décideras à rentrer, parce que tu ne vas pas rester ici à jouer les éternelles apprenties, tu pourras toujours reprendre ta place.

— Ma place..., soupira Pamela. Je ne sais plus trop ce que cela veut dire à présent. Je ne veux pas réellement devenir une geisha, ni renoncer à chercher Thad. Je sais que je ne peux pas rester, mais je ne me résous pas à partir non plus, moi aussi tu sais, je me pose beaucoup de questions. C'est nouveau pour moi.

— Je ne suis pas certaine que tu trouves beaucoup de réponses ici, planquée parmi ces personnages d'un autre siècle. Ces femmes ne représentent plus rien, elles sont inutiles comme une langue morte, même s'il existe toujours de doux dingues pour... décortiquer... les langues anciennes. Regarde autour de toi, rien n'est réel.

Son regard balaya l'okiya. Tout cela n'est qu'un décor, une mise en scène... Et puis, qui te dit qu'il veut que tu le cherches, que tu le retrouves ? (Elle ne voulait pas prononcer son nom pour ne pas la blesser.) Tu pourrais aussi bien rentrer et l'attendre à Paris. En tous les cas, quand le moment sera venu, sache qu'on pourrait travailler ensemble ou du moins essayer. Je crois que ça me plairait bien d'avoir une sœur. Bien sûr, ajouta-t-elle en souriant enfin, il faudra que tu changes de fringues et d'allure, parce que dans l'histoire, la Japonaise c'est moi !

Après le départ de Keiko, Pam resta pensive un long moment. D'une façon ou d'une autre, il lui fallait se remettre en mouvement. Mais dans quelle direction et pour atteindre quel but ? Elle avait besoin de réfléchir. À cet instant, Mitsuko débarqua dans le jardin pour la prier de se rendre à son cours de danse. Pour chasser le trouble laissé par les paroles de Keiko, elle se concentra sur ses gestes. Une façon comme une autre d'initier le mouvement.

— Fais preuve de souplesse, répétait Mitsuko. Épouse le rythme de la musique. Ton corps doit pouvoir exprimer la joie ou la tristesse avec peu de mouvement. Celui qui te regarde doit comprendre l'émotion que tu veux transmettre.

Cette façon de danser était aux antipodes du ballet classique imposé aux petites filles de Melun-Sénart, avec les grands jetés, les entrechats aériens, les pirouettes légères comme délivrées des lois de l'apesanteur. À l'inverse, le *nihon-buyo,* une danse très ancienne qui célèbre le passé de cultivateur du peuple japonais, enracine les pieds au sol, oblige à se concentrer sur les liens puissants qui unissent la danseuse à la terre.

Alors Pam recommençait les mêmes gestes mais les sons aigrelets produits par le shamisen de Mitsuko lui déchiraient les entrailles tandis que les paroles de Keiko rebondissaient dans sa boîte crânienne. Elle se boucha intérieurement les oreilles, ce qui n'était pas facile à faire, et mit tout son cœur à exprimer l'horreur et la panique. Après une heure de ce calvaire sonore, Mitsuko reposa son instrument, ravie de sa performance qui, elle en était convaincue, avait permis les progrès de Pamela.

— Bravo, tu as parfaitement exprimé la solitude et l'accablement.

« Tu ne crois pas si bien dire », pensa Pam, adressant à son amie un petit sourire de remerciement, le buste légèrement incliné, dans une posture qu'elle voulait modeste comme il se doit.

Le soir même, Pamela sentit au fond d'elle que quelque chose s'était cassé. Quelque chose qui ressemblait au souvenir de Thad mais dont il fallait chercher l'origine dans un passé plus lointain. La discussion qu'elle avait eue avec Keiko n'y était pas étrangère.

Elle n'était pas si naïve, elle savait que les seigneurs, les dames, les samouraïs, les geishas, les humbles pêcheurs et les moines vénérables appartenaient au passé. Et alors ? Le Japon est un pays habitué à reconstruire, à rebâtir, à reproduire inlassablement le même geste comme celui du piqueur de riz. Fallait-il laisser le passé là où il était comme le suggérait Mitsuko ? Mais de quel passé s'agissait-il en réalité ?

Vivre l'instant présent n'était pas très compliqué dans l'espace hors du temps de l'okiya. Il y était facile de chérir le passé comme une parenthèse indolore et lointaine, dès lors que celui-ci n'avait aucun lien avec la réalité quotidienne. Ici, il n'était jamais question d'avenir et encore moins de changement. C'est d'ailleurs ce que recherchaient les clients : l'intemporalité, l'absence de prise avec le réel. Elle avait aimé cette nostalgie prégnante comme un micro-climat installé juste au-dessus de l'okiya. Et voilà que l'ouragan Keiko s'était transformé en anticyclone, affichant un air serein, une vue dégagée. Il était temps pour elle de prendre enfin l'irrévocable décision d'envisager de passer à autre chose, avec ou sans la bénédiction de l'almanach.

*
* *

Un peu plus tard dans la soirée, assise sur le futon de Mitsuko, Pam cherchait du réconfort auprès de son amie occupée à se démaquiller.

Elle sentait confusément qu'elle en avait fini avec son apprentissage et cherchait un moyen de le dire à Mitsuko sans la blesser. L'éducation dispensée par sa grande sœur était remarquable, elle avait beaucoup appris sur la vie quotidienne des geishas et sur elle-même mais elle n'allait pas finir le reste de ses jours à Kyoto, dans une maison de thé. Comme si elle se doutait d'une révélation imminente, de celle qu'elle ne souhaitait pas entendre, Mitsuko s'attarda sur son rituel de démaquillage puis, celui-ci enfin terminé, prétexta soudain un besoin de dormir. Pam n'insista pas. Elle salua sa *sempaï* et se retira dans sa chambre. La nuit s'annonçait fraîche, elle pouvait sentir le courant d'air froid glisser sous la porte, se faufiler sur le plancher et remonter le long de ses chevilles. Elle frissonna sous son léger *karage* et se blottit tout habillée, roulée en petite boule sous la couverture. Pour se réchauffer le cœur, elle imagina un par un les rayons d'un soleil bienfaisant qui éclairaient un joli prince des collines aux cheveux blonds offrant à son amie des bouquets de feuilles d'or, dans une clairière scintillante. Quand on s'appelle Pamela, en hommage à la série Dallas, on est très sensible au climat des histoires. Son pays de Candy, pays des candides baignait dans une lumière chaude et dorée.

— Pamela ma chérie, éteins ta télé.

Devant elle, plus réels que jamais, Sol et Mich se tenaient par la main, la regardant avec une gravité qui la mit mal à l'aise. Le genre de regard que les parents posent sur leur enfant lorsqu'il continue à faire semblant alors même que le jeu est terminé depuis longtemps.

— Tu ne comptes pas sérieusement passer le reste de ta vie ici, à jouer à la poupée ?

Pamela protesta doucement.

Sol et Mich échangèrent un regard consterné.

— C'est de notre faute, nous t'avons laissé embarquer beaucoup trop loin dans ces histoires à dormir debout de Yoko Tsuno et de geishas.

— C'est TOI qui me dis ça ?

Pam s'était redressée et défiait sa mère comme elle ne l'avait jamais fait.

— Rappelle-moi pourquoi je m'appelle Pamela ? Parce qu'un prénom comme celui-là, c'est pas la classe à Dallas ! Dommage qu'ils aient retardé la diffusion de Dynastie sans quoi je me serais appelée... Krystel ? Alexis ?

— Oh non, pas Alexis Carrington, protesta Sol, je ne pouvais pas l'encadrer cette garce.

— Maman... (Pamela parlait maintenant d'une toute petite voix), que dois-je faire ?

Mich qui, jusqu'à présent, n'avait guère eu l'occasion de se faire entendre, prit la parole :

— Rentre à la maison, chérie.

Chapitre XI

*Quand Pamela découvre Nobu
en ombre chinoise, un comble pour faire
connaissance avec un Japonais*

Pamela cherchait Mitsuko depuis un moment dans l'idée de lui proposer une promenade dans le *hanamachi* de Ponto-chô, son quartier préféré. Elle voulait lui faire part avec le plus de douceur possible de sa décision, irrévocable cette fois, de quitter l'okiya, de rentrer à Paris, mais cette dernière demeurait introuvable. Pam se décida à frapper à la porte des appartements de Mme Kuniko. Sans succès. Celle-ci semblait également s'être volatilisée. Il flottait dans l'air un léger parfum de laisser-aller. Une imperceptible sensation de n'importe quoi, qui donnait à penser que quelque chose avait troublé l'ordre de la maison. Pam se dirigea vers le jardin d'hiver, seul endroit qui ait encore échappé à son exploration.

À travers le fin claustra en papier de riz, elle vit se découper très nettement les silhouettes de trois personnages qui semblaient jouer une sorte de pantomime. C'était totalement inattendu et pour tout dire assez joli. Elle resta un moment immobile à essayer de deviner qui se cachait derrière ces ombres projetées. Il y avait là Mme Kuniko dont la minuscule silhouette, aisément reconnaissable grâce à son imposant chignon, affichait un certain relâchement que Pam ne lui connaissait pas. Ainsi que Mitsuko dont le rire signait la présence. Entre les deux femmes, une gigantesque silhouette gesticulait dans tous les sens. De toute évidence un homme. Sa prestation devait être réussie, à en juger par les éclats joyeux qui ponctuaient la plupart de ses grands gestes.

Qui cela pouvait-il bien être ?

Sans doute un familier de la maison pour que Mme Kuniko, d'ordinaire si réservée, se laisse aller de la sorte. Mais certainement pas un habitué car depuis le temps qu'elle était installée dans l'okiya, Pam n'avait jamais aperçu quelqu'un dont la stature se rapprochât de celle du géant qui s'agitait de l'autre côté de la fragile muraille de papier.

Pamela serait bien restée là pour profiter du spectacle mais sa curiosité l'emporta. Y cédant sans lutter d'avantage, elle fit coulisser les cloisons et salua avec respect Mme Kuniko. Se tournant vers Mitsuko, elle recommença son salut. À ceci près qu'il exprimait la différence entre *l'okaasan*, la propriétaire, et *l'oneesan*, la grande sœur. Un salut parfaitement exécuté, une façon de rendre hommage à la qualité de l'enseignement de Mitsuko devant son ami Nobu. Car en pénétrant dans le jardin d'hiver, Pam avait immédiatement compris que l'immense diable hirsute n'était autre que le fameux Nobu, l'ami japonais du Grand Nord.

Mme Kuniko lança le : « bonjouuuuuuur » qu'elle affectionnait tant.

— Konitchiwa, mama-chan, répondit Pamela.

— Je suis heureuse de te présenter Nobu-san, le fils unique de ma très chère amie, Mme Nakata, qui nous fait l'immense plaisir d'honorer notre maison de sa présence.

En s'inclinant devant Nobu, Pam se demanda comment il était possible d'être aussi peu japonais d'apparence. Barbe drue et cheveux fous lui donnaient plutôt l'air d'un barbare tartare. Nobu apprécia en connaisseur le gracieux tableau qui s'offrait à ses yeux. Elle s'était inclinée si vite qu'il n'avait pas eu le temps d'apercevoir les traits de la petite geisha *gaijin*, mais il ne faisait aucun doute que c'était elle. Ses yeux s'attardèrent sur sa coiffure et plus particulièrement sur la ligne rouge séparant le chignon en deux coques égales. Ce rouge vif entre les lobes noirs des cheveux produisait toujours le même effet, plusieurs siècles après son invention. Représenter aussi précisément le sexe féminin dissimulé sous le kimono induisait une tension inégalable. Il ne pouvait détacher son regard du trait écarlate qui disparaissait au milieu d'un nuage de poudre blanche couvrant la nuque comme le veut l'usage. Juste avant d'atteindre l'encolure, un peu de peau nue jaillissait comme par hasard selon la façon dont la jeune fille faisait bouger ses omoplates. Voilà bien le spectacle le plus émouvant du monde, pensa Nobu, impressionné par la maîtrise des différents codes. Son regard arrêté en pleine progression par le nœud de traîne de l'obi porté haut sur le dos fit marche arrière, repassant sur la zone exquise de peau nue, puis l'étendue laiteuse qui recouvrait si joliment la nuque avant d'être arrêté par quelque chose, un détail infime qu'il n'avait pas tout de suite remarqué : une minuscule proéminence sur la ligne du cou que le fard n'arrivait pas à masquer totalement. Une incongruité sombre au milieu de cette blancheur immaculée, une sorte d'îlot pour les yeux où il faisait bon s'attarder, un... grain de beauté, conclut Nobu pour lui-même. Pam releva lentement la tête et, plantant ses grands yeux très doux dans les siens, le salua dans un japonais plus que parfait.

Nobu était très intrigué par la présence de la jeune fille dans l'okiya. Comment était-elle arrivée ici ? Pourquoi ? Avait-elle l'intention de rester au Japon ou envisageait-elle d'ouvrir sa propre maison de thé en France ? D'où venait-elle ? Non, il n'avait pas entendu parler de Melun-Sénart. À vrai dire, il n'avait jamais mis les pieds en France, un jour peut-être... il avait un ami français qui lui avait promis de l'inviter à Saint-Brieuc.

Pamela se raidit légèrement. L'homme avait-il évoqué Saint-Brieuc ? Ce devait être une erreur, un défaut dans la prononciation.

Mitsuko jouait à la maîtresse de cérémonie, lui donnait des ordres brefs, la complimentant au passage pour la qualité de son geste lorsqu'elle fouettait le thé. Ce qui était mérité puisque, pour la première fois, elle n'avait éclaboussé personne.

— Nobu-san souhaite savoir pourquoi tu es venue ici.

— Pour apprendre à devenir une geisha accomplie.

— Non, il me demande la vraie raison... l'autre... tu sais bien...

— Ah, ça..., murmura Pam. C'est si loin maintenant... inutile d'y revenir.

— De quoi parlez-vous ? interrompit Nobu, irrité par ces messes basses en français.

— Chagrin d'amour, glissa Mitsuko à son oreille.

Elle lui raconta alors avec beaucoup de détails le peu qu'elle savait. L'arrivée de Pam dans l'okiya, son riche *dana* qui avait payé pour son apprentissage, son désir sincère d'apprendre à vivre comme une geisha, sa modestie naturelle, sa mélancolie qui rendait l'accès à son cœur si difficile. Puis Mitsuko insista sur ses propres talents de détective, détaillant le long travail d'approche qu'elle avait dû faire pour gagner la confiance de la *gaijin*-apprentie confiée à ses bons soins par Mme Kuniko. Puis enfin l'aveu, sans qu'elle s'y attende. Il y avait bien un homme – pas son *dana* – un autre, dont elle ignorait le nom, qui lui avait brisé le cœur et qui devait se trouver quelque part au Japon si l'on en croyait une mystérieuse lettre qu'elle avait reçue. La jeune fille avait commencé ses recherches à Tokyo. Son *dana* était un vieil ami de Mme Kuniko, peut-être même un ancien client de la mère de Nobu si ça se trouve. Il faudrait songer à le lui demander pour en savoir plus. Justement, comment allait sa mère ?

Nobu éluda la question d'un vague geste de la main, préférant ramener la conversation sur Pamela. Mitsuko maîtrisait merveilleusement l'art de faire durer les histoires et n'allait pas se priver. Depuis combien de temps n'avait-elle pas senti Nobu aussi concentré, attentif à ses paroles ? Elle ferma les yeux un bref instant, savoura l'attention dont elle était à nouveau l'objet puis continua son récit. Cela faisait maintenant des mois qu'elle imaginait mille ruses pour empêcher sa « petite sœur » de se remettre en quête de son amour en fuite. Jusqu'à présent, elle n'avait pas trop mal réussi mais la Française était imprévisible. Elle la sentait prête à plier bagage d'un instant à l'autre.

— Le problème est qu'elle se prend pour Otsù à la recherche de Musashi. Je n'arrive pas à comprendre pourquoi les *gaijin* prennent tous cette histoire au pied de la lettre.

La coïncidence ne pouvait résulter du seul hasard. Nobu était profondément troublé et demanda du saké pour réfléchir.

— Mais ? Il est seulement onze heures du matin, objecta Mitsuko.

— Depuis quand cela te pose-t-il un problème ? ironisa Nobu.

— Je ne bois presque plus depuis qu'elle est là, répondit-elle, esquissant un geste de tête reconnaissant en direction de Pamela.

— Fais une exception. Ce qui arrive est incroyable... et que nous y soyons mêlés tous les deux... Apporte-nous à boire petite sœur s'il te plaît, ajouta-t-il en arrondissant la voix.

Mitsuko se leva et quitta le jardin d'hiver en direction des cuisines, laissant derrière elle Nobu visiblement sonné et Pamela en proie à une grande perplexité : en dépit de ses progrès en japonais, l'essentiel de l'échange entre les deux amis lui avait échappé.

Nobu s'approcha d'elle et, sans prévenir, cracha sur le bout de son index avant de l'appliquer à la naissance de son cou, révélant ainsi la présence d'un grain de beauté. Pam eut un mouvement de recul : que signifiait ce geste, cette familiarité inattendue ? Une coutume du Nord ?

À ce moment, Mitsuko reparut les bras chargés d'un lourd plateau sur lequel étaient posés deux coupes et un pot à saké. Qu'est-ce que ce diable chevelu avait-il pu lui raconter pour convaincre son amie de leur servir de l'alcool de si bonne heure ?

— Je pense savoir où se trouve l'homme qu'elle cherche, balança Nobu après avoir vidé son verre.

Mitsuko s'étrangla.

— Et où serait-il d'après toi ?

— Chez moi.

Après s'être copieusement resservi, Nobu raconta ce que lui avait confié Thad : l'histoire de sa geisha de la rive gauche, le grain de beauté, sa lâcheté, son désir de trouver sa Voie, de se racheter et tout le folklore japo-niaiseux qu'il avait piqué dans *La Pierre et le Sabre.*

— Tu sais mon ami Thad... le *gaijin* français qui ressemble à Alain Delon.

Naturellement, Mitsuko se souvenait très bien. Comment oublier sa dernière visite ? Leurs caresses, sa jouissance à elle, sa tristesse à lui avaient laissé leurs empreintes sur son corps et dans sa mémoire. Sans oublier tous les détails qu'elle avait partagés avec Pam en lui racontant son amant français, sans que ni l'une ni l'autre n'ait jamais soupçonné ce qu'elles avaient en commun. Oui Mitsuko se souvenait très bien et se sentait très mal.

Pam ne savait plus où se mettre. Ces deux-là semblaient avoir oublié sa présence, comme si elle était devenue invisible. Ils utilisaient un dialecte incompréhensible (elle aurait presque juré qu'ils le faisaient exprès) et prononçaient sans arrêt ce mot qui sonnait douloureusement comme Thad. Elle voulait intervenir, guettait le moment opportun où elle pourrait se manifester, quand soudain Nobu se leva, la salua : « Je serai de retour dans quelques jours », puis, tournant les talons, il disparut.

— Ton ami est bien étrange. Que s'est-il passé ? demanda-t-elle à Mitsuko.

— Rien du tout, répondit-elle sèchement. Je te trouve bien curieuse. Dépêche-toi de tout ranger, Mère n'aime pas le désordre et tu vas être en retard pour ta prochaine leçon de musique.

L'alcool avait sensiblement modifié sa diction, ses joues affichaient une rougeur des plus suspectes et son débit un tantinet hystérique fit renoncer Pam. Ce n'était certainement pas le bon moment pour lui annoncer son départ. On verrait plus tard.

Chapitre XII

*Depuis qu'il se considère comme
un messager des Kamis, Nobu ne doute
plus de rien. À raison ou pas ?*

La maison était vide, impeccablement rangée. Une mince couche de poussière laissait penser que Thad avait levé le camp depuis un bon moment déjà. Pourquoi serait-il resté ?

Nobu s'assit en tailleur et réfléchit à la manière dont il fallait procéder. Qu'est-ce qui lui avait pris de jouer au héros, de se prendre pour un messager des dieux : « Je vais le chercher, je le ramènerai dans quelques jours », avait-il affirmé. Il s'était fait piéger par son envie de croire à l'impossible. Quel idiot !

Il n'avait pas pu se retenir de fanfaronner devant Mitsuko. Pour lui prouver qu'il avait changé ? Que le temps d'avant était révolu et avec lui la peine qu'il lui avait causée ?

Il s'était pris d'une réelle affection pour la petite geisha orpheline que sa tante avait recueillie à l'okiya. À l'époque, tous deux étaient encore adolescents. Il l'aimait comme une sœur. De manière incestueuse, cela va sans dire, mais tout de même très fraternelle. Il faut avouer qu'en grandissant, Mitsuko avait développé de solides arguments en sa faveur. Non seulement elle était ravissante mais elle possédait une sacrée descente et riait de bon cœur chaque fois qu'il racontait une histoire. Au fil des années, leur affection s'était épanouie, mais pas tout à fait dans la même direction.

Mitsuko était tombée amoureuse de lui ou du moins croyait l'être. Un jour qu'il lui faisait l'amitié de lui faire l'amour, elle lui avait demandé comme ça, l'air de rien, ce que ça lui ferait de savoir qu'elle était amoureuse de lui...

Il avait bêtement éclaté de rire. Elle ne s'était pas démontée et, tout en caressant distraitement la tige de son sexe, était revenue à la charge.

— Si c'était vrai, si mes sentiments pour toi avaient changé ?

— Arrête tes bêtises, avait-il répondu comme un idiot, attrapant délicatement sa nuque dans sa gigantesque main, l'obligeant à se pencher entre ses jambes. Tu es ma petite sœur et je t'aime comme un frère. Il n'y a rien à changer.

La douleur fut brutale, en tête à queue ou plutôt l'inverse. La chipie l'avait mordu. Pas très fort mais pas doucement non plus. Elle s'était redressée devant lui, le regard haineux, et lui avait craché au visage.

— J'avais un frère, il est mort, je n'en veux pas d'autre.

Sur ces mots, elle s'était levée d'un bond souple, s'était rhabillée en un instant et avait disparu, laissant Nobu dans un triste état. Quel con ! Il savait sa blessure intacte en dépit du temps passé, il n'aurait jamais dû lui parler de son frère...

C'était il y a dix ans. Depuis, Nobu avait tout essayé pour se faire pardonner. Il y était presque parvenu mais rien n'était plus comme avant. Mitsuko avait conservé une nouvelle cicatrice au fond de son cœur et lui au bord du sexe. Ils étaient quittes.

Il avait été impressionné par l'enseignement qu'elle avait dispensé à la jeune Française. Ils avaient tous les deux beaucoup changé, et pourtant... une ou deux petites coupes de saké partagées dès le matin les avaient rapprochés aussi sûrement qu'autrefois. Mitsuko conservait cette capacité unique à lever le coude sans se faire prier, la coquine. D'ailleurs, jusqu'à quel point était-elle restée coquine ? Il éprouva une violente envie d'en avoir le cœur net. Quand cette histoire entre les deux *gaijins* serait terminée, il faudra qu'il lui parle sérieusement d'avenir. De son envie de le partager avec elle.

Il prit conscience que cette envie ne l'avait jamais quitté depuis dix ans, sans pour autant se manifester ouvertement. Comme un rêve en réserve, une certitude en sommeil. Il était temps de réveiller tout ça. Dès que cette histoire – et quelle histoire ! – serait terminée, il s'occuperait de la leur.

Par où commencer ?

Aucune idée, pas la moindre intuition, ni même un début d'hypothèse. Rien. Son rôle d'intermédiaire des dieux prenait un sacré coup dans l'aile. À défaut d'inspiration divine, son estomac le rappela brutalement à sa condition humaine : il avait faim et sortit dîner en ville. Sans qu'il y prêtât attention, ses pas le conduisirent jusqu'au petit restaurant où Thad et lui s'étaient retrouvés plusieurs fois après l'entraînement. Peut-être apprendrait-il quelque chose. Le patron confirma ses craintes, il n'avait pas vu le gaijin depuis des semaines.

— Tu devrais aller voir du côté du dôjô, suggéra-t-il. Ton ami avait pris l'habitude de s'y entraîner très régulièrement.

Au dôjô, tout le monde se souvenait de l'étranger mais personne ne savait ce qu'il était devenu. Un matin, il n'était pas venu. Le jour d'après non plus. C'était tout ce qu'on pouvait en dire. Depuis, personne ne savait rien, à moins que... Peut-être que le vieux là-bas, dans son coin, pourrait éventuellement le renseigner. Il s'était pris d'affection pour le *gaijin* au long nez. C'était peu, mais c'était tout. Nobu alla donc interroger le vieux *kendoka* qui commença par faire son résistant. C'est qu'il avait servi au côté des kamikazes de l'armée de l'air pendant la Seconde Guerre mondiale, il n'était pas du genre à livrer des informations comme ça, au premier venu. Nobu faillit s'étrangler de rage devant l'impassibilité du vieil entêté.

— Je ne suis pas le premier venu, je m'entraîne ici depuis plus de dix ans. Vous savez très bien qui je suis.

Qu'à cela ne tienne, il lui faudrait patienter. Peut-être pouvait-il revenir le lendemain ? Nobu pesta mais revint le jour d'après avec un présent pour l'octogénaire : des *kinkaku*, sucreries à base de haricot rouge, une savoureuse spécialité qu'il avait rapportée du temple de Kinkakuji à Kyoto pour les manger lui-même. Visiblement aussi sensible au contenu qu'à l'emballage, le vieux se lança dans une conversation faite de mille détours et de terribles banalités, à l'issue de laquelle Nobu finit tout de même par apprendre ce qu'il souhaitait savoir. Le conseil que le vieux avait donné et la lettre de recommandation qu'il avait écrite pour que Thad soit reçu au monastère.

— Où se trouve ce monastère ? demanda Nobu.

— Sur l'île principale d'Honshu, au Nord-Est.

Petit chapitre épistolaire

Cher docteur Atsura,

Aujourd'hui est différent, je sens que je vais enfin pouvoir agir sans être entravée par l'espoir insensé que les choses redeviennent comme elles étaient.

Vous aviez raison, vous saviez déjà qu'il faut oublier, aller de l'avant. Vous me l'avez souvent répété. À Paris, je vous écoutais à peine et ne vous entendais pas.

Le passé doit mourir, disiez-vous. Pourtant, depuis mon arrivée au Japon, j'ai lutté de toutes mes forces pour qu'il ne meure pas et je me suis perdue dans l'incohérence des temps. Hier encore je l'attendais, du moins je l'espérais. Aujourd'hui je sais que je n'ai plus à l'attendre. Le passé peut enfin mourir puisque j'y renonce.

Thad est bel et bien parti pour toujours, mais finalement je me sens moins seule en compagnie de cette vérité, que durant tout ce temps passé à le chercher. À Tokyo, je me suis enfin trouvée, désormais je suis prête à faire face à la vie sans lui. Elle ne sera pas forcément plus belle, mais elle sera plus réelle. C'est ici que j'ai compris. C'est d'ici que je repars.

Votre dévouée et très reconnaissante,

Pamela

Chapitre XIII

*Où l'on s'achemine vers le dénouement,
tandis que les paris restent ouverts*

Mitsuko avait encaissé la nouvelle de son départ sans broncher, faisant preuve d'élégance au grand soulagement de Pam qui craignait que sa grande sœur ne déploie encore mille astuces pour l'empêcher de partir. Elle savait d'expérience qu'il était difficile de résister à Mitsuko. Une fois de plus, son *oneesan* la surprenait par son attitude à la fois noble et bienveillante. Elle lui avait seulement demandé de l'accompagner pour une dernière excursion au Nord-Est d'Honshu et Pam avait accepté avec plaisir. Cela ne la retarderait que de quelques jours. Le Dr Atsura avait déjà fait le nécessaire, le billet n'exigeait pas un retour à date fixe. Pendant son séjour à l'okiya, elle avait appris à se réjouir de ce qui se présentait à elle et ce voyage impromptu serait une bien agréable façon de clore son apprentissage japonais.

— Il faut absolument que je te montre la région des monastères de montagnes. Tu ne peux pas quitter mon pays sans avoir vu ces merveilles.

Elle avait aussi compris que Nobu les rejoindrait là-bas et qu'il n'était pas étranger à cette soudaine lubie de son amie. Elle profiterait de cette dernière escapade pour se faire raconter l'histoire d'amour cachée derrière l'amitié qui unissait ces deux-là. Au Japon, son goût du romanesque s'était développé de manière un peu exagérée. Au fur et à mesure que son corps et ses gestes étaient soumis aux codes rigoureux imposés par l'apprentissage du métier de geisha, son esprit s'échappait vers un imaginaire romantique. Ce n'est certainement pas à Melun-Sénart, ni même sur la rive gauche qu'un tel phénomène eût été susceptible de se produire...

Dans le train, pas très rapide, qui les conduisait au nord-est de l'île d'Honshu, Mitsuko prétexta une envie de dormir tout ce qu'il y a de plus japonaise. Pour faire le point, elle se repassait en détail le film de la conversation de l'avant-veille avec Nobu, celle qui avait motivé leur départ. Nobu lui avait confirmé les faits : il avait retrouvé son ami mais celui-ci avait beaucoup changé.

— De quels changements parles-tu ? avait alors demandé Mitsuko.

— Profonds, notables, de l'ordre de la transformation intime de l'être.

— Tu lui as parlé de Pam, tu lui as dit qu'elle était au Japon et qu'elle le cherche depuis des mois à Kyoto ?

— Non je n'ai pas pu. J'ai senti que ce genre de révélation ne collerait pas avec sa nouvelle orientation.

— Ne collerait pas avec quoi ?
— Il a l'intention de devenir moine.
— Moine ?
— Moine ! Pour lui c'est la seule façon de réparer ses erreurs passées tout en avançant vers l'avenir, enfin quelque chose dans ce genre-là. Il aurait eu une révélation sur la plage. Franchement, il était beaucoup plus marrant à l'époque où il voulait devenir mercenaire comme Steve McQueen, mais c'est ainsi. Je pense que nous ne devrions pas intervenir.

Mitsuko rugit :
— Mais ça ne va pas toi ? ! Ils n'y arriveront jamais seuls ! Pamela s'en va, elle rentre en France. Thad ne peut pas devenir moine, c'est… contre nature. (Elle était quand même bien placée pour le savoir.) Il doit être désespéré pour prendre une telle décision. Nous devons absolument faire quelque chose. Nous devons les aider.

Mitsuko était sûre d'elle et ne croyait pas un seul instant à cette nouvelle vocation de moine. Naturellement elle s'abstint d'expliquer pourquoi à Nobu et se contenta d'insister : leur histoire tout comme le destin de Pam et Thad étaient écrits d'avance par les *Kamis*. Nobu et elle formaient le trait d'union indispensable de ce puzzle cosmique, dont l'issue serait la réunion des amants séparés, le triomphe de l'amour par-delà les mers, les continents, les cultures. Nobu s'était laissé convaincre par son enthousiasme sans trop opposer de résistance (il n'avait tout simplement pas envie de la contrarier) et ensemble, ils étaient convenus de s'inviter dans cette histoire d'amour étrangère. Feignant toujours le sommeil, elle observait Pamela à travers l'éventail ajouré de ses cils. Elle ne pouvait pas croire que son amie ait véritablement renoncé à son amour. C'était impossible, la seule explication valable était son ignorance : elle ne se savait pas si près du but. Heureusement pour elle, Mitsuko était là pour redresser la trajectoire de son existence.

Devant le *Torii* de pierre, sorte de portique à doubles linteaux qui marque à l'entrée d'un temple shintoïste la séparation entre le monde physique et le monde spirituel, sa belle assurance s'évanouit. Elle s'arrêta un instant pour regarder Pamela qui s'élançait sur le sentier escarpé conduisant au sanctuaire, comme si elle la découvrait pour la première fois, si frêle dans son kimono de voyage rose pâle, tellement japonaise dans l'attitude et si magnifiquement geisha dans sa façon d'être au monde. Elle s'intégrait avec grâce au décor : un chemin de terre et de galets bordé d'érables et de pruniers, des montagnes qui se profilaient en arrière-plan au sommet desquelles on devinait les neiges éternelles dissimulées par la brume. Une véritable estampe.

Le temps s'était sensiblement rafraîchi, les nuages se rassemblaient par endroits. La nature tout entière semblait retenir son souffle en attendant la suite. Arrivée devant l'entrée du bâtiment principal, Mitsuko chercha ses mots qui se dérobèrent. Envolées les belles phrases préparées à l'avance, l'émotion la paralysait. Elle prit une très longue inspiration.

— Thad est ici, derrière cette porte... Nobu l'a retrouvé, ils se connaissent depuis longtemps. Moi aussi je le connais mais je ne savais pas... Je ne pouvais pas savoir... Il n'a aucune idée de ta présence ici... Nobu n'a rien dit. Alors tu vas franchir cette porte et aller le chercher parce que renoncer à l'amour est un crime et que... Elle reprit son souffle.

— Autant que tu le saches, il s'apprête à devenir moine !

Sur ce, elle s'agrippa à la corde qui pendait devant la porte et fit sonner la lourde cloche jusqu'à ce que quelqu'un vienne leur ouvrir. Elle poussa Pamela pétrifiée à l'intérieur, pivota sur ses talons et dévala le sentier à toute vitesse à la recherche de l'auberge où Nobu lui avait donné rendez-vous. Elle avait bien besoin d'un verre, voire deux.

Chapitre XIV

*Quand Pamela sort de son exquise
réserve et règle leur compte
à Musashi et Petit Scarabée*

Thad se tenait là, immobile devant elle, le visage empli de stupeur. Seul un imperceptible sourire un peu niais flottait entre ses lèvres. Ses longs mois d'apprentissage à l'okiya, durant lesquels elle avait appris à étudier chaque événement, chaque information nouvelle avant de se prononcer sur l'attitude à adopter ne lui étaient d'aucun secours. Pam ne savait pas ce qu'il convenait de faire ou de dire, ni même de penser.

Doucement, Thad prit la parole.

— Je suis parti parce que l'amour que j'éprouvais pour toi m'entraînait trop loin de moi-même. Je suis parti parce que tu me rendais confus, vulnérable... je ne pouvais plus le supporter. Pourtant on ne grandit pas sans vulnérabilité. En te quittant, j'ai connu la véritable souffrance, celle du manque. Bien plus terrible que celle de l'amour. Il a fallu que je commette cette grave erreur pour comprendre.

Il semblait si sincère dans sa robe de bure bronze avec ses sandales de corde usées et son crâne tondu qui lui faisait un visage d'enfant. Pamela accrocha mentalement ses orteils dans le sol, de peur que l'émotion ne l'emporte trop loin.

Il reprit plus doucement encore, l'obligeant ainsi à se rapprocher pour mieux l'entendre.

— J'ai construit mon existence sur une illusion. Je voulais ressembler à quelqu'un qui n'existe pas. Je ne suis pas un pirate, ni un cow-boy et encore moins un samouraï. En revanche, j'ai fait ce que Petit Scarabée n'a jamais eu l'occasion de faire, dans aucun épisode. Je suis revenu aux sources. Dans ce temple qui a bien voulu m'accepter comme novice, je suis devenu jardinier. Apprenti plus exactement, car il faut des années pour prétendre être jardinier ici. Derrière le dortoir, il y a un jardin d'hiver avec de magnifiques bonsaïs centenaires. J'aimerais bien te les montrer.

Pam s'efforçait de masquer le trouble et la gêne que lui inspirait l'humble posture de moinillon de son guerrier. Elle s'était imaginé cent fois la scène de leurs retrouvailles. Elle et lui se croisant par hasard à Tokyo, au pied de la statue du chien que lui avait montrée Keiko. Ou, dans un registre plus romantico-médiéval, lui en seigneur de la guerre, façon Richard Chamberlain dans *Shogun*, découvrant à l'occasion d'une cérémonie du thé où elle n'aurait rien renversé que sa geisha favorite n'était autre que son grand amour parisien... Mais jamais, jamais elle n'avait envisagé l'hypothèse qu'il puisse entrer dans les ordres. Jamais !

Ils visitèrent le jardin potager sans qu'elle ne trouvât la moindre chose à dire.

— Ceci est un *kyuri*, dit-il en lui montrant un concombre. Il ne doit être récolté que lorsque sa taille atteint entre vingt et un et vingt-deux centimètres. Là tu vois les *hatsukadaikon*, ce sont des radis de vingt jours. Pas un de plus.

Le visage de Thad se transformait à mesure qu'il faisait découvrir son domaine à Pamela. Il s'accroupit pour cueillir ce qui ressemblait à des groseilles à la peau mate.

— Goûte-moi ça, c'est extraordinaire ; on dirait des bonbons qui explosent dans la bouche… Devine ce que c'est ?

— Tu es heureux ici ? l'interrompit Pam la bouche pleine de ces drôles de billes au goût de… tomates ?

— J'ai trouvé la paix… non, disons une forme d'apaisement dans ce jardin. Je pensais, à tort, que mes sentiments m'empêchaient d'être heureux, que l'attachement m'empêcherait d'être libre. C'est faux. Tu n'as pas idée à quel point je me suis senti misérable, enfermé à l'intérieur de moi-même quand je t'ai quitté. Ce sont bien des tomates, incroyable n'est-ce pas ?

L'idéal, aussi pur soit-il, finit toujours par se fracasser contre la réalité. Pam elle aussi s'était rendue à cette évidence. La leçon était cher payée, pour tous les deux.

— Je te demande pardon, murmura-t-il en la regardant intensément avant de baisser les yeux. Son regard s'attarda un court instant sur son grain de beauté, celui qu'il préférait entre tous, puis il s'inclina devant elle avec déférence.

Au même moment, dans une synchronisation proche de celle d'un corps de ballet russe, Pam sentit une larme perler au coin de son œil. Elle se maintint en équilibre instable, accrochée aux deux rangées de cils qui l'empêchaient – mais pour combien de temps ? – de rouler sur la joue, l'obligeant à brider les yeux le plus possible pour éviter qu'ils ne débordent. Plaçant ses poings minuscules sur ses hanches menues, elle le gratifia d'une irrésistible petite grimace.

— Si ton copain Musashi avait laissé sa chance à Otsù, il aurait été le plus grand et le plus juste de tous les hommes, parce qu'il n'aurait pas tourné le dos à l'amour. Si seulement tu m'avais fait confiance, si seulement tu m'avais donné une chance de comprendre...

Les mots qui lui sortaient enfin de la bouche n'avaient rien à voir avec ceux qu'elle avait préparés lors de ses nombreux dialogues intérieurs. La colère montait, menaçait de tout emporter, elle lui chercha un dérivatif.

— Parle-moi de ta nouvelle vie de moine, demanda-t-elle soudain. Vous prononcez des vœux de fidélité à quelqu'un ? Un moine supérieur ? Bouddha ?

Thad ne bougeait plus : depuis combien de temps ne l'avait-il pas sentie si proche ? Il pouvait à nouveau respirer l'odeur de ses cheveux, de sa peau et imaginer tout le reste. Une succession d'images défila devant ses yeux sans qu'il puisse les arrêter : Pam nue le chevauchant, Pam nue à genoux devant lui, Pam sur le ventre, sur le dos, Pam nue se rhabillant, Pam presque nue se déshabillant. Il fallait que ça s'arrête, tout de suite ! Il inspira profondément, s'efforçant de contenir la plainte douloureuse qui se dressait entre ses jambes et s'absorba dans la contemplation de la nuit. Il murmura :

— Les moines d'ici, comme ceux du monde entier, font vœu de chasteté.

— Évidemment…, soupira Pam tristement.

Elle se sentait immensément lasse. Comme si les fatigues accumulées pendant ce long périple, les doutes ressentis, le désespoir aussi, se rappelaient d'un coup à son bon souvenir.

Ils marchèrent encore dans ce magnifique jardin, l'un à côté de l'autre, en proie à une grande agitation que chacun essayait de masquer. Pam se disait qu'elle pourrait déambuler ainsi sagement des heures durant, sans but précis, juste pour sentir la présence de son samouraï à ses côtés. Mais pouvait-elle encore l'appeler son samouraï ?

Sa quête s'achevait ici, sur l'île d'Honshu dans ce jardin zen qui respirait le calme et inspirait la volupté. Elle retrouvait Thad dans la peau d'un autre au moment même où elle renonçait à son personnage. En dépit de l'ironie de la situation, elle pensait que c'était bien ainsi. Une brise annonciatrice d'orage s'était levée, elle frissonna.

— Il va pleuvoir, rentrons, dit-elle en serrant les manches de son kimono autour d'elle.

Par instants, son bras et celui de Thad se frôlaient tandis qu'ils se dirigeaient à pas lents vers l'immense bâtisse en bois sombre qui servait de dortoir aux moines.

— Je n'ai pas encore prononcé mes vœux. Je ne suis qu'un simple novice, murmura-t-il, l'obligeant à s'arrêter pour la regarder bien droit dans les yeux.

Voilà, c'était dit.

Selon la Voie du samouraï, mieux vaut foncer tête baissée que retenir son élan lorsque les circonstances l'exigent. C'était précisément le cas. Pamela venait de lui offrir l'occasion de se comporter réellement en samouraï pour la première fois de sa vie. Fallait-il réellement devenir moine pour réitérer l'expérience ?

Pendant un instant, elle le dévisagea, les traits figés, l'air grave que venaient contredire des yeux pétillants de gaieté.

Elle fit alors le premier pas, attrapa son bras et se dirigea vers la sortie. Leur marche s'accéléra, légère, joyeuse, à mesure que la pluie rapidement diluvienne se déversait d'un ciel d'encre.

Épilogue

— Je me demande s'ils ont réussi, s'interrogea Mitsuko à voix haute, le corps lové contre celui de son gigantesque mari. Comme si le succès des retrouvailles de Pam et Thad garantissait son bonheur, elle voulait qu'il les lui raconte encore et encore.

Nobu, qui venait tout juste de s'endormir, grogna quelque chose et se tourna sur le côté. Mitsuko insista :

— Redis-moi encore, dis-moi ce qu'il écrivait dans sa lettre.

Nobu se redressa, soupira bruyamment et répéta avec une patience très nouvelle pour lui ce qu'il lui avait déjà dit des dizaines de fois :

— Ils ont pris leur temps pour rentrer et se sont installés à Saint-Brieuc. Thad dessine des jardins zen. Il paraît que les Bretons ont une sensibilité particulière, proche de la nôtre, et la demande est forte. Du moins c'est ce qu'il m'écrit. Il me dit que Pamela travaille avec lui. Elle s'occupe des bonsaïs et donne des cours d'Ikebana.

— Saint-Brieuc, Saint-Brieuc, Saint-Brieuc..., répétait Mitsuko comme pour s'approprier ces sonorités et mieux imaginer le genre de vie qui allait avec.

Au pied de son lit, le sac qu'elle avait offert à Pamela – celui avec son nom brodé en japonais – qui renfermait le kimono d'apprentie de son amie.

Il faudra songer à le lui rapporter, on ne sait jamais.

Remerciements

Je remercie du fond du cœur tous ceux qui m'ont soutenue quand le courage m'a manqué et que le doute prenait trop de place.

En particulier l'amirale Viogelly, Camille Dallier, Audrey M'Sika, Christine Sallès, Laurence Lemoine, Laurence Ravier pour leur amitié sans faille et sans reproche. Guy Corneau, cher entremetteur québécois, Erwan Leseul et Anna Pavlowitch pour leur exigence bienveillante à 2 contre 1 !

12183

Composition
NORD COMPO

*Achevé d'imprimer en Espagne
par* CPI BOOKS IBERICA
le 20 mai 2018.

Dépôt légal : mai 2018.
EAN 9782290134757
OTP L21EPLN002056N001

ÉDITIONS J'AI LU
87, quai Panhard-et-Levassor, 75013 Paris

Diffusion France et étranger : Flammarion